Sonya
ソーニャ文庫

冥闇の花嫁

山野辺りり

JN131178

イースト・プレス

contents

序章

「忘れては駄目よ。この方法は、絶対にやってはいけないこと。禁忌《きんき》なのだと覚えておきなさい」

してはいけないことならば、自分に教えなければいいのに——と幼子《おさなご》は思った。

真剣な面持ちで語る母はいつもより陰鬱《いんうつ》で、少し怖い。常なら穏やかに笑う美しい人であるから、余計に戸惑いを覚える。

まだ六つになったばかりの子供は、舌足らずに不満を述べた。

「……知らなければ、やらないよ？」

「間違って手を出してしまうこともあるでしょう。あなたにはそれだけの力がある……何かの拍子に知識を得てしまう可能性は否定しきれない。……いいえむしろ、運命から逃れることはできないわ。あなたは一族最後の『子』だもの……きっといずれ辿り着いてしまう。そのときに、きちんと善悪を認識していることが大事なのよ」

母の言葉は難しくて、全部を理解することは無理だった。おそらく母も、我が子が全てを呑み込めていないことは、分かっていただろう。それでも、今伝えておかなければならないと思ったに違いない。

そうでなければ、間に合わなくなってしまうから。もうあまり時間は残されていないことを薄々感じていたのだと思う。

病床にある母は随分痩《や》せた。

以前より身体は薄くなり、あばらが浮いている。髪に艶《つや》はなくなり頬《ほお》は削《そ》げていた。けれど青白い肌は更に透明度を増し、どこか人並み外れた妖艶《ようえん》さも醸《かも》し出している。おそらく十人中九人は、はっと息を呑むほどの美しさを、彼女は微塵も損なってはいなかった。

「いいわね？　何があっても手を出しては駄目。この世には触れてはならないものがあることを、覚えておきなさい」

困惑しつつも、幼子は素直に頷《うなず》いた。

本音では、そんなことよりも母に元気になってもらいたい。言いつけに背かずいい子にしているから、どうか昔のように健康な身体を取り戻してほしかった。

しかし切実な願いも届かないことがあると、聡明な子供には分かっている。

いくら祈っても、この世に万能な神様なんていない。いたとしてもそれは、無条件に人を救ってくれる便利な存在ではないのだ。

「……お母さん、もうしゃべらないでお薬を飲んで」

「ええ。ありがとう。あなたは賢い子ね……」

今日もきっと父は来ない。

今頃は本宅で、妻と子に囲まれているだろう。そのことを責める気持ちはなかった。所詮《しょせん》自分たちは日陰の身。住むところを与えられ、高価な薬も用意してもらえるだけ、恵まれているのだ。少なくとも生活に不自由はないのだから、感謝してしかるべき。

物わかりのいい子供は、とっくの昔に父親に対する期待を失っていた。

どんなに近くに住んでいても共に暮らしたことはなく、親子の情が芽生えるほど会話をした機会もなければ、それはもう『他人』と大差ない。

ただ、たまに母と自分の様子を見に来る『おじさん』程度の認識しか持てずとも仕方がないことだ。

外ではおそらく音もなく雪が降っている。

今年の冬は、厳しいものになるかもしれない。

室内を照らす光は、小さな照明器具のみ。その程度の明かりでは部屋の隅々まで浮かび上がらせることはできず、澱《よど》んだ闇と気味の悪い静寂《せいじゃく》が蹲《うずくま》っている。

まるでその見通せない空間自体が、意思を持った化け物のよう。

何もいるはずはないのに、時折何かの息遣いすら感じられて、幼子にとっては忌《い》まわしいものでしかなかった。

自然、傍《かたわ》らにある唯一の温もりである母を求めてしまう。

漆黒《しっこく》と沈黙が重力を伴っていると、生まれて六年しか経《た》っていなくても、子供は既に熟知していた。

母の着物の裾を握り締め、不安と孤独に耐える。己の世界そのものである母がいなくなってしまったら、いったい自分はどうなってしまうのか。

父には頼れない。縋《すが》れるものは何もない。

幼子は黒々とした眼で墨《すみ》をぶちまけたような暗がりをじっと見つめた。

第一章　桜月夜

雪子《ゆきこ》は物陰に隠れ、じっと息を凝《こ》らした。

母屋からはドスドスと苛立ちも露《あらわ》な足音が聞こえてくる。「雪子」と怒鳴《どな》るように名を呼ぶ酒焼けした声も。

その声が遠ざかるまで、庭の生垣と井戸の間で身を縮こまらせていた。

季節は春。幸いにも暑すぎず寒すぎない気候でよかった。これが日射病になりかねない真夏日や雪の降り積もる真冬の只中なら、命にかかわるところだ。

ひらりと淡い桃色の花弁が降ってくる。

桜の咲くこの時期、本来ならうっとりと満開の花を見上げたいところなのに、雪子は俯いたまま災禍《さいか》が通り過ぎるのを待つしかなかった。

「雪子！　どこに行ったんだっ、酌をしろと命じただろうがっ！」

酔っ払いは声が大きくなりがちだ。それも激昂《げっこう》しているとなれば尚更《なおさら》だろう。姿を眼にしていなくても、相手が赤ら顔であちこちぶつかりながら雪子を探し回っている様が想像できた。

昼の鐘も鳴っていない、こんなに日の高いうちから足元もおぼつかないほど強《したた》かに酔うなど、控えめに言っても最悪だ。

まして雪子は酌婦《しゃくふ》でも芸者でもない。商家の下働きである。

炊事に洗濯、掃除にお使いと、やらねばならない仕事は腐るほどあった。それこそ休憩時間もまともに取れないほど忙しいのに、放蕩《ほうとう》息子の気まぐれに付き合っている暇はないのだ。

「……総一郎《そういちろう》様ったら……早くいつものように酔い潰れて眠ってくれたらいいのに……」

あまり長い時間隠れてもいられない。それは自分の仕事を放棄することに他ならず、昼《ひる》餉《げ》までに終わらせねばならない用事がまだ幾《いく》つもあるのだ。

雪子はしゃがみ込んだまま深々と嘆息《たんそく》した。

大きな呉服商である井澤《いざわ》家に雪子が奉公に上がったのは、まだ十になったばかりの頃。初めは分家の子守として雇われたが、その家族の引っ越しやら何やらで、最終的には井澤家本家で働かせてもらえることになった。

そんな経緯で幼いうちから女中になったためか、仕事は大変だが、年齢から考えれば給金は悪くない。以降七年間、真面目に勤めてきた。

奥様は口うるさく厳しい方ではあっても、共に働く他の女中や下男、車夫《しゃふ》に店の従業員は皆親切なので、よそと比べれば働きやすく恵まれた職場である。食事は美味《おい》しいし、月二回の休日もきちんともらえる。

ただ一つだけ不満を述べるなら――跡取り息子である総一郎がこの数ヵ月あまり雪子にベタベタと付き纏《まと》ってくることだ。

何だかんだと話しかけてくる程度ならかまわないが、酔った勢いで身体に触ろうとしたり卑猥《ひわい》な冗談を言われたりすることには、正直迷惑していた。

しかも先日はとうとう部屋に引きずり込まれ、あわや襲われそうになったのだ。

出来心にしても行き過ぎである。

もともと女癖が悪いのは承知していたけれど、まさか自分がそういった被害に遭《あ》うと想定していなかった雪子には、衝撃だった。

幸い、運よく助けてくれる者がいて事なきを得たが――二度目がないとは限らない。今日の様子を見る限り、雪子に対する総一郎の興味は微塵も薄れていないらしい。

とは言え、相手は奉公先の跡取り息子。

仮に誰かに訴え出たところで、雪子を擁護《ようご》し守ってもらえるとは思えない。下手をしたら、自分が暇を出されて終わりである。

――今、仕事をなくすわけにはいかないもの……せめて弟たちがもう少し大きくなるまでは……

田舎に残した病気がちの両親と弟妹を思い、雪子は胸の前で拳《こぶし》を握り締めた。

襲われかけた被害者であるにもかかわらず、口を噤《つぐ》んで堪え忍ばねばならないのは、理不尽だと思う。けれど仕方がない。

この働き口を失うわけには絶対にいかないのである。

結果、雪子にできるのは、こうして極力総一郎から逃げ回ることだけだった。

事情を知っている同僚は同情し、少しくらいなら雪子が仕事を中断し身を隠していても許してくれる。だが匿《かくま》ったり表立って助けたりはしてくれない。

誰だって我が身が一番可愛いものだ。

主《あるじ》の不興《ふきょう》を買うことを回避したいのは当然。本音では関わり合いになりたくないと考えているのが見え見えだった。

――みんないい人でも、ここで本当に頼れる人はいない……蓮治《れんじ》さん以外は……

一人の男性が頭に浮かび、不思議な熱が雪子の胸に灯《とも》る。『彼』のことを想うときだけ、重苦しい不安感から解放された心地になった。

それでも彼にこれ以上の迷惑をかけるわけにはいかない。

次第に総一郎の声と足音が小さくなっていき、雪子はホッと肩を震わせた。だがまだ油断はできない。先日もやりすごせたと思った瞬間、物陰で待ち伏せされたことがあるからだ。

いったいいつまでこんな鬼ごっこに興じればいいことやら。

移り気な総一郎のことだから、別の女性に興味を持てば雪子のことなどすぐに忘れるに決まっている。しかしそれがいつなのかが分からないから憂鬱《ゆううつ》だった。

万が一逃げ通せなければ、それは操《みさお》の危機である。良家の子女ではない雪子だが、貞操《ていそう》観念《かんねん》が緩《ゆる》いわけではないのだ。

むしろ男女交際には保守的な考えを持ち、結婚までは純潔を保《たも》ちたいとすら考えている。しかも意に沿わない男に身体を許すなんて想像したくもなかった。

――いっそ妾《めかけ》の座を狙う、強かな相手に手を出してくれればいいものを……

そんな恨《うら》めしさを、総一郎に対して感じた。妾の座など狙うつもりがない雪子には、心底迷惑でしかない。

――もう行ったかしら……大丈夫かな……？

しばらく同じ姿勢で固まっていたせいか、膝《ひざ》が痛い。

雪子は何度か屈伸して、着物の裾についた土を払った。割烹着《かっぽうぎ》の皺《しわ》も軽く伸ばす。何だかとても、己が惨めで落ち込んだ。

「――雪子さん、お疲れ様。総一郎様なら自室に戻られたから、もう平気ですよ」

突然背後から声をかけられ、悲鳴が漏れそうになった。

けれど、声の主が誰だか振り返らずとも分かり、雪子の口角が自然と上がる。

「蓮治さん……！」

井澤《いざわ》家で共に働く仲間の一人が、にこやかな笑顔で人差し指を立てて、自身の唇に軽く当てた。

「しぃ。まだ大きな声を出してはいけません、お静かに。旦那様が呼んでいると言っておきましたが、あの千鳥足のご様子ではさほど遠くまで移動できないでしょうから」

「あ、ご、ごめんなさい」

謝りながら、雪子は心が浮き立つのを止められなかった。

蓮治は雪子の五つ年上。職場では先輩にあたる。彼は僅《わず》か八つのときに丁稚奉公《でっちぼうこう》に出されたらしい。だから年齢は二十二歳であっても既に十四年間も井澤家で働いていることになる。若手の中では、最長の勤続年数だろう。

頭がよく気が利くため、老若男女問わず仲間内で頼られている。次期番頭と噂《うわさ》されるほど優秀で、社交的。

その上誰に対しても親切で礼儀正しく、当主の覚えもめでたい。しかも端正な顔立ちのせいで、女性陣からは絶大な人気があった。

日本人にしては彫りの深い顔立ち。優美な弧を描いた眉毛は優しげで、その下の双眸《そうぼう》には知性が感じられる。高い鼻梁に、ふっくらとした赤い唇。

耳朶《じだ》の形まで整っている男性を、雪子は他に知らない。ほどよく日に焼けた肌は健康的で、優男《やさおとこ》にも見えかねない彼の容姿を、精悍《せいかん》な印象に引き締めていた。

身長がひょろりと高いためか、それに見合って手足も長い。けれどひ弱な印象は一切なく、肩幅や胸板の厚さが、蓮治の意外に逞《たくま》しい体軀《たいく》を想像させた。

「また私を助けてくれたのですね。ありがとうございます」

「助けただなんて、大袈裟《おおげさ》です。ちょうど旦那様が総一郎様の行状《ぎょうじょう》を気にされていたので、話し合われるよう助言しただけですよ」

半分は本当だろう。しかし残りの半分は雪子を総一郎の魔の手から守るため、蓮治が手を回してくれたことだと分かっていた。機転の利く彼は、大事になる前に事態を収束させてくれたのだ。それも、ごく平和的に。

蓮治はいつもこうして、さりげなく雪子を守ってくれる。

故にこの件では、井澤家において唯一の味方と言っても過言ではなかった。

「いいえ。蓮治さんがいなかったら私……この前も、本当に感謝しているんです。先日のこと、噂にならないよう取り計らってくださったでしょう？」

「言いふらすようなことではありません。雪子さんの名誉にかかわりますから」

先日のこととは勿論《もちろん》、雪子が総一郎に襲われそうになった一件だ。

ここで『跡取り息子の名誉』と言わず『雪子の名誉』ときっぱり言ってくれるところが、蓮治の人柄を表していると思う。多くを語らなくても、弱者に寄り添ってくれる。公平な視点で、当たり前のようにこちらを思いやってくれた。そんな人は他にいない。

雪子の胸が大きく脈打って、締めつけられるように甘く痛んだ。

「あのとき、もしも通りかかったのが他の人だったら……見て見ぬふりをされてしまったかもしれません。そう思うと今でも怖くて……」

過去のこととして気持ちの整理をつけたつもりだったが、思い返すだけで身体が震えた。

夕刻、酒を用意しろと命じられ、雪子が総一郎の部屋に熱燗《あつかん》を持っていくことになったのだ。

いつもなら年配の女中に頼むのだが、あいにく彼女は夕餉《ゆうげ》の支度に大わらわだった。手が空《あ》いていたのは雪子だけ。

仕方なく徳利《とっくり》と猪口《ちょく》を膳《ぜん》にのせて部屋に向かった自分は、警戒心が足りないと言われても反論できない。当時はまだ、そこまで身の危険を感じていなかったせいもある。

三十路を越えた男が、十七になったばかりの小娘を本気で狙っているとは思っていなかったのだ。

結果無防備に、飢《う》えた獣の巣へ自ら足を踏み入れたのも同然だった。

部屋に入ってすぐ押し倒された恐怖は筆舌に尽くしがたい。

男の力で押さえ込まれれば、非力な女に大した抵抗などできるはずもなかった。それ以前に相手は井澤家の大事な跡取り息子だ。怪我《けが》を負《お》わせるなど以《もっ》ての外《ほか》。大声を出すのも躊躇《ためら》われる。

どうすればいいのか分からず、雪子は瞠目《どうもく》して震えることしかできなかった。

やめてくださいと、か細い声で告げても総一郎はニヤニヤと下卑《げび》た嗤《わら》いを漏らすばかり。酔っ払いの呼気と、倒れた徳利からこぼれた酒の臭気で酔いそうになった。

全力でもがきたかったが、腹の上にどっかりと座られてろくに身動きが取れない。苦しくて怖い。混乱だけが大きくなる。

涙目で見上げた雪子の着物の袷《あわせ》が乱暴に摑《つか》まれた瞬間、引き攣《つ》れた悲鳴を上げるので精一杯だった。

「――正直、もう駄目だと思いました……」

あの瞬間感じたのは黒々とした絶望。誰も助けてなどくれない。剝《む》き出しにされた鎖骨を外気が舐《な》めた。嫌だ。誰か。助けて。――蓮治さん――

雪子が恐怖でいっぱいになったとき、突然襖《ふすま》の外から声がかけられた。

『――総一郎様、奥様が今すぐ部屋に来るようおっしゃっています』

その声は、間違いなく『彼』のもの。雪子が聞き間違えるはずはない。

今一番頭を占《し》めていて――かつ、こんな場面を絶対に見られたくない相手だったからだ。

井澤家において傍若無人《ぼうじゃくぶじん》に振る舞っている総一郎だが、母親である久子《ひさこ》には頭が上がらないらしい。父親ですら手を焼いている放蕩息子でも、女主人である気が強い母親には逆らえない。

その久子に『今すぐ部屋に来い』と言われれば従わざるを得ないのか、総一郎は渋々雪子の上からどいた。

その際、べっちょりと粘着質《ねんちゃくしつ》ないやらしい視線を向けられ、怖気《おぞけ》が走った生々しさが今も身体に残っている。とは言えどうにか窮地を脱することができ、雪子は大慌てで身を起こし胸元を整えた。

『奥様は何やらご立腹の様子です。お急ぎになられた方がよろしいかと思います』

丁寧《ていねい》な言葉遣いだが有無を言わせぬ蓮治の語調に、総一郎も俄《にわ》かに焦《あせ》り出した。

『何だと？　用件は何だっ』

虚勢を張っていても母親に叱《しか》られることは嫌なのか、総一郎が忙《せわ》しい動作で立ちあがる。

もはや雪子など眼中にないらしく、酒に酔って澱んだ瞳を泳がせた。

『さぁ……佐藤様のお嬢様がどうとかおっしゃっていましたが、僕には分かりかねます。

とにかく一刻も早く向かわれた方がいいのではないでしょうか』

『ま、まさかあのことがバレたのか……っ？』

何やら疚《やま》しいことがあるようで、総一郎は雪子には一瞥《いちべつ》もくれず、ふらつきながらも襖を開け部屋を飛び出していった。

残されたのは、顔色の悪い雪子と廊下に立つ蓮治だけ。

開け放たれた襖の向こうで、彼は視線を逸《そ》らしたまま『もう大丈夫ですよ』と言ってくれた。

きっと、こちらの心情を慮《おもんぱか》ってくれたのだろう。それ以上近づいてこない気遣いが、言葉にできないほどありがたかった。

もしもあのとき不用意に背中を摩《さす》られたり、肩を叩かれたりして身体に触れられていたら、それがいくら蓮治でも雪子には苦痛だったと思う。

慰めや励まし故の行為だったとしても、今はそっとしておいてほしい。可能なら自分を見ないでくれ。――それが雪子の偽《いつわ》らざる本音だったからだ。

惨めで情けなくて恐ろしくて――ぐちゃぐちゃになった気持ちに整理がつかなかった。けれども一人にされるのも辛《つら》い。複雑で我《わ》が儘《まま》な心境を説明するのは難しく、嗚咽《おえつ》を堪《こら》えることしかできずにいた雪子に、蓮治はずっと付き添ってくれた。

部屋の敷居を越えては来ず、さりとて立ち去るのでもなく。

多忙な彼は自身の仕事もたくさんあるだろうに、こちらの波立った心が落ち着きを取り戻すまで――気配を極力消して待ってくれていた。

おそらく時間にすれば、それほど長いものではない。

だが永遠にも感じた。

――蓮治さんは何も言わなかったけれど、とても私に配慮してくれたのが、痛いくらい伝わってきた……。

以来、あの日のことをあえて話題にしたことはなく、雪子が簡単な礼を告げただけだ。言葉にするにはまだ、心の整理がつかなかったせいもある。未遂だったからと軽く受け流すことは、生娘《きむすめ》には難しかった。

何より、蓮治にどう思われたかを考えると脚が震えるほど怖くて仕方ない。

だから今日雪子は、ようやく改めて心から感謝を口にした。

「蓮治さんがいてくれて……よかったです。今日も先日も、本当にありがとうございました」

雪子が深々と頭を下げると、彼はやや狼狽《ろうばい》したように右手を振った。

「雪子さんが気にする必要はありません。――それより、まったく総一郎様には困ったものです。酔っていると自制心をお忘れになるらしい。本当なら旦那様に申し上げて、きつく注意していただいた方がよいのかもしれませんが……」

「い、いいえっ。それはやめてください」

残念なことに、使用人に手をつける主人は少なくない。主《あるじ》であることを笠に着て無理強いする場合もあるし、逆に女の側から妾の座を狙い仕掛けることもあるからだ。

しかしどちらの場合でも、圧倒的に女の方が立場は弱かった。

飽きられればそれで終わり。酷いときには一度つまみ食いされ捨てられるのみである。被害を訴え出ても、揉《も》み消されることがほとんど。

子を孕《はら》んだことで追い出されたなどという悲劇もよく耳にする。

大抵は泣き寝入りするしかなくなるのだ。さもなければ醜聞《しゅうぶん》を嫌った主人に、暇を出されてしまう可能性が高い。

井澤家の現当主、松之助《まつのすけ》は残念ながら雪子の望む解決策を打ち出してくれるとは到底思えなかった。何故ならあの息子を放置しているくらいである。期待するだけ無駄だとしか考えられない。

だったら今のところ実害はないのだし、雪子としては口を噤んでやりすごした方がマシだと結論付けた。

「総一郎様も、そのうち私なんかより別の女性に興味が移ると思います。いつもそうですもの。あと少しの辛抱です」

「そうだったらいいのですが……心配です」

睫毛《まつげ》で縁《ふち》どられた瞳を細めた憂《うれ》い顔で蓮治に言われ、雪子の頬が上気する。

美しい人は、悩む姿まで麗《うるわ》しい。つい見惚《みほ》れそうになるが、理性の力で視線を引き剝がした。

赤らんだ顔を見られたくなくて、慌てて下を向く。

「気にかけていただいて、嬉しいです……ありがとうございます。あ、あのでも総一郎様は、どうして私なんかを急に追いかけ回し始めたのでしょうね」

大きな呉服店を営む井澤家には、大勢の使用人がいる。当然若い女性も多い。雪子以外にもたくさんの未婚女性はいるのだ。

実際ついこの前まで、総一郎はすこぶる妖艶な美貌と肉感的な肢体を持つ炊事場の女性にご執心だった。

もっとも彼女は、先月他家に嫁《とつ》いで女中を辞めたのだが。息子の乱行に憤慨《ふんがい》した久子が、強引に縁談をまとめて追い出したという説もある。

「それは当然ですよ。雪子さんはとてもお綺麗ですから。ここで働く女性陣の中で……いや、良家のお嬢様だって敵《かな》いません。昔から可愛《かわい》らしかったですが、この一年あまりで急に大人の女性になられた。まるで蛹《さなぎ》が羽化したようです」

「……えっ」

不意打ちの褒め言葉に、雪子の頭が真っ白になった。ついポカンとした間抜け面で蓮治を見返してしまう。

これまで、こんなことを告げられたことはない。可愛い程度のことは言われたことがあっても、それは赤子や猫の子に対するのと同列のものだった。

「名前に『雪』の字が入っているからか、真っ白な肌に印象的な大きな瞳。濡れ羽色の艶やかな黒髪と庇護欲をそそる華奢《きゃしゃ》な体形。それでいて気立てもいい。年配者や子供には特に親切で、笑顔が眼を釘付けにする……癪《しゃく》に障りますが、総一郎様が興味を持つのは仕方ないかもしれません」

スラスラと並べ立てられた称賛に、雪子の思考は完全に停止した。

蓮治が、自分を褒めてくれている。嬉しいけれど、そんなふうに見ていてくれたのかという戸惑いが大きい。しかも外見だけでなく、普段の行動もよく観察されていたらしい。

羞恥《しゅうち》が込み上げ、ますます何も言えなくなってしまった。

「あ、あの……」

「ああ、すみません。女性の容姿について口にするなんて、無礼でしたね。忘れてください。幼いときから知っている雪子さんがあんまり魅力的になったので、つい。――とにかくこれからも気をつけた方がいいですよ。貴女《あなた》を狙っているのは総一郎様だけとは限りません。もっとも、下劣な真似をするのはあの方だけだと思いますが」

蓮治には下心などなく、真摯《しんし》にこちらの身を案じてくれているだけだと理解しても、雪子の気持ちはふわふわと浮き立った。

気になる相手にこんなことを言われて、嬉しくないわけがない。

むしろ頭がぼうっとして、せっかくの助言が右から左に流れていく。

少なくとも蓮治は雪子を『魅力的』だと感じてくれているのだ。世辞だとしても歓喜で胸が弾《はじ》けそう。速まった鼓動が激しくて、くらくらと眩暈《めまい》がした。

「わ、私……」

「雪子さん、口を開けて」

「え？」

唐突に脈絡のないことを言われ、思わず顔を上げた。半開きになった雪子の口に、何やら小さくて硬いものが押し込まれる。

その際、彼の指が雪子の唇に触れ、全身に痺《しび》れが伝わった。

「……っ？」

舌の上を転がる、無数の突起がある丸い粒。甘みを感じ、眼を瞬《またた》く。久しぶりに味わった甘味《かんみ》に、雪子の口内に唾液が湧き出た。

「……金平糖《こんぺいとう》？」

「はい。先ほどお客様にいただきました。ですがご存じの通り、僕は甘いものが苦手なので……すみませんが雪子さんが代わりに食べてくれますか？」

女中仲間だけでなく、蓮治は呉服店に来る女性客たちの間でも人気が高い。

端正な顔立ちの彼に接客されたいと、わざわざ指名してくるお嬢様や人妻もいるくらい

だ。その中の一人に、お裾分けされたものらしい。

これまでにも何度か、蓮治は彼女たちから受け取った菓子を女中らに分けてくれたことがある。しかし『雪子に』と指名されたのは初めてだった。

「でも蓮治さんへの贈り物を、私がいただくわけには……」

「食べずに無駄にしてしまうよりもいいでしょう？　金平糖は嫌いですか？」

「い、いいえっ、大好きです！」

給金のほとんどを両親へ仕送りしている雪子には、自分のために甘いものを買う余裕などない。金平糖は夢のような贅沢《ぜいたく》品だった。純粋に食べたいし、とても嬉しい。だがそれ以上に――これが特別な贈り物のように感じられた。

何故なら蓮治が自分にくれたものだからだ。

「そうですか。だったらよかった。これを下さった方も、美味しく食べてくれる人の手に渡った方が、喜ばれるでしょう」

――そのお客様は、蓮治さんに食べてほしかったと思うけれど……

可愛らしい瓶《びん》に入った色とりどりの金平糖を渡され、雪子は複雑な心地を抱いた。

申し訳ないと突き返すのは簡単だが、それでは彼が困るだけだろう。甘いものを好まない者に、この味はなかなか辛《つら》いと思う。

雪子としても、せっかくの金平糖が味わわれることなくごみになってしまうのは、忍びない。何より、蓮治が自分にくれると言っているものを断りたくなかった。

――偶然ここで会ったのが私なだけで、深い意味がないのは分かっているけれど……

それでも、嬉しい。

女中は他にもたくさんいる。その彼女らの手に渡る可能性もあったのに、たまたま出くわした雪子を『あげる相手』に選んでくれたことが、胸が震えるほど嬉しくてたまらなかった。

もし今誰の眼もなければ、大声で叫んで飛び上がりたいくらい。きっと空も飛べる。

手の中の小瓶を握り締め、雪子は深く頭を下げた。

「では、いただきます。ありがとうございます」

「僕こそ、食べてくれてありがとう。助かりました。雪子さんに断られたら、死に物狂いで飲み込まねばならないところでした」

「嫌だ、蓮治さんったら……」

棘《とげ》のある金平糖を飲み込むのは容易《ようい》ではあるまい。雪子は彼の冗談につい笑った。

口内で溶け崩れた金平糖が、とても甘い。しかしそれは、砂糖の塊《かたまり》であることだけが原因ではなかった。

全身に疼《うず》く甘味が広がっていく。

指先までポカポカとした熱が伝わる。心まで染め上げられる甘さは、身の内から湧き上がるものがあるからだった。

舞い散る桜の花弁《はなびら》が、夢のような時間をより盛り上げる。

束の間二人きりの時。

ずっと続けばいいと無意識に考え、雪子は慌ててその思いを打ち消した。

馬鹿なことを願うべきではない。分不相応な希望は、いずれ身を亡ぼすだけだ。傷つきたくないなら、現状に満足した方がいい。

「――そろそろ移動しても大丈夫だと思います。ですがくれぐれも気をつけて。できるだけ一人にはならないように。僕が近くにいるときは助け船を出せますが、眼の届かないところもありますので……」

不意に蓮治の指先が髪を掠《かす》め、雪子の心臓が壊れそうになった。

彼の指が花弁を一枚摘《つ》まんでいる。どうやら桜の木の下にしゃがんでいたせいで、いつの間にか雪子の頭にくっついていたらしい。それを蓮治が取ってくれたようだ。

「総一郎さんには跡取りとしてしっかりしていただきたいのに、頭が痛いですね。僕と同じで、稚《いとけな》い子供時代の雪子さんを知っているくせに、どうして妙な気持ちになれるのか理解に苦しみます」

羽が生えたようだった気持ちに、雪子は冷水を浴びせられた心地になった。

蓮治の中では、自分はいつまで経っても幼い子供でしかない。分かっていたはずだ。だからこそ、過分な期待を抱かないよう己の気持ちを戒めていたのに――

「それじゃ、雪子さん。僕も仕事に戻ります」

「あ……、は、はい……っ」

爽《さわ》やかな笑みを残し、彼は踵《きびす》を返した。

広い背中に日の光が当たり、眩《まぶ》しい。さほど暑いわけでもないのに、何故か雪子は喉の渇きを覚えた。それは瞳の奥がツンと痛んだせいかもしれない。

数度深呼吸して、込み上げそうな涙を散らした。

「……蓮治さん……」

この気持ちがいつから芽生えたものなのか、判然としない。ある日気づいたときにはもう、しっかりと雪子の中に根付いていた。

――好きです。

兄のように慕っていた期間は短い。あっという間に、恋情《れんじょう》に変わってしまったからだ。

いつだって優しくて裏表がなく、働き者の彼に心奪われない方が無理だった。

ここで働く大半の女性が、おそらく蓮治に惹《ひ》かれている。雪子もそのうちの一人だ。

――妹程度にしか認識されていないって知っているけれど……それでも、綺麗だと思ってくれているんだ……

切なさと喜びで乱れた胸を押さえ、雪子はほうっと息を吐《は》いた。先刻まで感じていた総一郎への不快感はどこにもない。

そんなものより、膨《ふく》れる一方の蓮治への恋心が全身を駆け巡っていた。

どれだけ辛いことや嫌なことがあっても、井澤家を追い出されたくないと思うのは、ひとえに蓮治がいるからだ。彼がここにいるからこそ、離れたくないと願う。給金のためだけではない。

――たとえ報われない恋だとしても……

見ているだけでもいい。届かない想いでもかまわなかった。蓮治の傍《そば》にいられるだけで、日々の生活の張り合いがまったく違うのだ。

こんな気持ちは、雪子が今も田舎の親元にいたら、知らないままだったに違いない。

「……よしっ、今日も頑張ろう」

両の手でぎゅっと握りこぶしを作り、雪子は己を奮《ふる》い立たせた。いつまでもうじうじと悩んでいたって仕方ない。何事も一所懸命にやっていれば、そのうち道が開けるだろう。

――この恋心が、いずれ風化するかもしれないように……

「――あっ、雪子！　やっと見つけた。もうっ、どこ行っていたのよ？」

総一郎に捕《つか》まる心配がなくなった雪子が屋敷の中に戻ると、同じく下働きの美津《みつ》が頬を膨らませて駆け寄ってきた。

「あ、あのごめんね。掃除用に水を汲みに行ったら、たまたま総一郎様に見つかってしまって……」

「ああ……」

言葉少なに言い淀んだ雪子に何かを察したのか、事情を知っている美津が盛大に顔を顰《しか》めた。同じ年で友人でもある彼女には、以前の被害も話してある。

同じ女として憤ってくれたものの、表立って総一郎から雪子を庇える立場ではないので、美津なりにもどかしく思っていたらしい。

「嫌ぁね。色狂いには困ったもんだわ」

「ちょっと、美津。誰かに聞かれたらどうするの……！」

「かまわないわよ。みんなそう思っているわ。総一郎様が跡を継いだら、井澤家もお終《しま》いだって。そんなことより、雪子。大丈夫だったの？　無事に逃げられた？」

美津が強い言葉で総一郎を非難するのは、雪子を案じてくれているからだ。それが分かるだけに、つい苦笑した。

「……蓮治さんが助けてくれたから……」

「え、本当？　流石《さすが》蓮治さんねぇ。先代からも眼をかけられていたそうじゃない？　仕事ができる男はやっぱり素敵……とても総一郎様より九つも年下とは思えないわぁ……もしあの人が井澤家からいなくなったら先行き不安ね。正直、総一郎様が当主になる前に、私はここのお勤めを辞めたいわ」

嘆息交じりの美津の言葉には、同意しかない。

しっかりした大人の男の雰囲気《ふんいき》を持つ蓮治と比べて、総一郎はあまりにも不甲斐《ふがい》なかった。あれで三十路を越えているのだから、暗澹《あんたん》たる気持ちになる。

雪子としても、あと数年勤めたら別の働き口を探すつもりだ。叶《かな》うなら、家族と一緒に暮らせるよう故郷に帰るのも悪くないと考えている。

――地元に戻って……結婚して……静かに暮らすのが私の身の丈に合った幸せよね。

蓮治を想うとほんの少し胸が痛むけれど、悩んでどうにかなる問題でもない。

下手に気持ちを告げてギクシャクするよりも、このままの方がいい。どうせ女性として見てもらえないのだから、せめて仲のいい同僚であり続けたかった。

「でもさ、雪子は真面目で身持ちが固いわよね。これがもっと強かな女だったら、総一郎様を上手《うま》く転がして妾の座に収まろうとするんじゃない？」

「冗談でもやめてよ。私はそんな関係、絶対に嫌。しかも好きでもない人と……」

「ごめん、ごめん。怒らないで。そういう考え方もありかなって思っただけよ。私だってあの坊ちゃんが相手じゃお断りだけど」

「美津ったら、酷い。自分だって嫌なんじゃない」

女二人で笑い合い、雪子は総一郎の件を完全に頭から追い出した。

女中の仕事は忙しい。

美津と話しながら幾つもの部屋を掃除し、主人たちの昼餉の準備を終え、ようやく自分たちも昼食をとり裁縫《さいほう》などをこなせば、あっという間に夕刻になる。

それから風呂を焚《た》きつけ、夕餉の支度をし後片付けをして——目まぐるしい一日がやっと終わる。それが雪子の日常だった。

一日中働いた重い身体を引きずって、やっと床についたのは二十二時過ぎ。

三人が寝泊まりする女中部屋にごろりと寝そべり、眠りにつくまでの僅かなときが唯一の自由時間。とは言え、何もする気になれないほど、日々倦怠感《けんたいかん》に苛《さいな》まれていた。

だが疲れ切ったせいで逆に眼が冴え、眠れなくなる日もある。

今夜はそういう夜だった。

——眠れない……

眠気はある。疲労感もある。それでも一向に訪れない睡魔《すいま》に、雪子は何度目かも分からない寝返りを打った。

住み込みで働く女中は、相部屋だ。狭い室内に何人もが布団を並べることになる。雪子に割り当てられた部屋は自分を含め、三人で使っていた。左右両方から聞こえる寝息や小さな鼾《いびき》にますます眼が覚めてしまう。

隣で眠る美津も、とっくに夢の中へ旅立ったらしい。寝相の悪い彼女の脚が飛んできて、雪子は避けるために上体を起こした。

――厠《かわや》でも行こうかな……

こんな日はいくら待っても眠れない。いっそ少し身体を動かして、外の空気でも吸った方が気分転換になる。

過去の経験から、これ以上無為に寝そべっていても時間の無駄だと雪子は結論を出した。美津の脚を布団の中に戻してやり、音を立てないようそうっと襖を開く。

当然ながら、屋敷の中は真っ暗だった。それでも窓から差し込む月と星の明かりのおかげで、ぼんやり物の輪郭程度は見て取れる。

暗闇に眼が慣れていたこともあり、雪子は危なげなく廊下を進むことができた。

――静か……

自分の足音だけが響くのは、不気味で怖い。この屋敷に奉公にあがったばかりの頃は、夜中に一人で厠に行くのが嫌で、何度も他の女中を起こしたことを思い出した。数年後共に働くことになった美津にも、幾度一緒に行ってもらっただろう。

そのたびに彼女はぶぅぶぅと文句を言いながらも付き合ってくれたのだが、考えてみれば起こされた回数は美津からの方が多いと思う。

今はこうして互いに一人で行かれるのだから、それだけ大人になったと言えなくもない。

過去の微笑《ほほえ》ましい記憶がよみがえり、雪子は微笑んだ。

――月明かりが綺麗……

今夜は満月らしい。庭の桜は今が盛り。夜桜は、さぞや綺麗に違いない。

そのことに気がついて、厠から出た雪子の脚は自然と庭へと向かった。つっかけを履いて外に出れば、湿り気を帯びた夜の空気に包まれる。深く呼吸すると、体内がすっきりする気がした。月光に照らされながら暗闇を漂うように歩く。

今頃は、蓮治も夢の中だろうか。彼も住み込みで働いているから、同じ建物内で寝起きしている。

雪子は無意識にそちらを眺めた。

主人家族が暮らす母屋とは別の離れに、使用人部屋はある。男女は建物の両端に分かれていた。間に炊事場や納戸《なんど》があり離れた造りになっているのは、使用人同士で間違いを起こさないためであるらしい。

何年も前にそういったことがあったらしく、大問題になったそうだ。

女中らの監督は女主人の仕事の一つ。以来久子はいっそう厳しく眼を光らせるようになったのだと、年配の使用人が雪子に教えてくれたことがあった。

夜風が長い黒髪をそよがせる。男性らの部屋がある方向を熱っぽく見つめてしまうのは、昼間のことがあったからだ。

いくら過剰な期待を抱かないよう己を律しても、雪子の恋心には一向に歯止めがかからなかった。自分が困っていると蓮治がいつだって颯爽《さっそう》と現れ、助けてくれるせいで、想いは深まるばかり。

彼の優しさは、さながら甘い毒。冷たくされたいわけではないけれど、複雑な女心には少々効き目が強すぎでもあった。

――蓮治さんは、誰とも深い仲になる気はないと、公言しているのにね……

彼と所帯を持ちたいと熱望する女性は少なくない。人柄と秀でた容姿、それに将来性が優れていれば懸想《けそう》されて当たり前。

これまでにも何人もの女が想いを告げ、そして玉砕してきた。

それこそ以前総一郎がご執心《しゅしん》だった妖艶な女中も、蓮治に拒まれているはずである。

どれほど綺麗で可愛くても、家柄がいい娘でも、働き者でも、彼の心を射止めることは叶わなかった。

だとしたら雪子程度の小娘では、夢見ることすらおこがましい。

当たって砕ける気にもなれず、尻込みしては再び想いを募らせてしまう。恋心を自覚して以来、何年もその繰り返しだ。

「……不毛だなぁ……」

ごく小さな雪子の独り言は、宵闇《よいやみ》に溶けて消えた。

誰にも届かせるつもりがない言葉。けれど吐き出さなければ、苦しい。腐ってしまう前に聞いてほしいとも願う。

――どうせ袖にされて気まずくなるだけだと、分かっているのに……

夜の桜は、想像した通り月光の下で淡く発光するように美しい。

それが逆に虚《むな》しさを誘い、嘆息せずにはいられなかった。

明日も早い。そろそろ寝床に戻ろうかと雪子が踵を返したとき。

「――奇遇だなぁ、雪子。こんな夜中にフラフラとどうしたんだ？」

「そ、総一郎様……っ」

油断していた。まさかこんな時間に彼が庭をうろついているとは思ってもいなかった。

どうやら酔い覚ましに外へ出たようだ。

真っ赤になった顔と、どんより濁《にご》った瞳。それに鼻が曲がりそうなほどの酒臭さが漂い、総一郎がかなり酔っていることが窺えた。

ひょっとしたら昼間から夜まで、ずっと呑み続けていたのかもしれない。

静謐《せいひつ》だった一人きりの夜桜見物が台無しである。

雪子は咄嗟《とっさ》に後退《あとじさ》り、彼から距離を取った。

「そ、総一郎様こそ、こんなところまでどうされたのですか？　母屋のお部屋からはかなり離れていますけれど……」

「夜風に当たろうと思ったら、人影が見えてなぁ。泥棒だったら叩きのめしてやろうとしたんだが、まさか雪子だとは想像もしなかった」

呂律《ろれつ》が怪《あや》しいせいで、半分何を言っているのか聞き取れなかったものの、どうやら雪子を不審者だと思って近づいてきたらしい。

　何も自分が珍しく夜中に外に出た日にかち合わなくても……と悪態《あくたい》を吐《つ》きたい気分で、雪子は慎重に距離を測った。

　こんな刻限に総一郎と二人きりなんて、嫌な予感しかしない。いつでも逃げられるよう、両脚に力を込めた。

「そうですか。あの、私はもう戻ります。総一郎様もお部屋に帰られた方がいいですよ」

「ああ。だが足元がおぼつかん。雪子、お前部屋まで俺を送れ」

「え……」

　嫌だと拒否できるなら話は簡単だ。今なら人の眼はないし、明日になれば総一郎自身も今夜のことを覚えていないだろう。

　つまり主人の言いつけに逆らったところで、後から咎《とが》められる可能性は低いのである。けれど根が生真面目な雪子には、彼の言葉を無視することが難しかった。

「……分かりました」

　数瞬悩んだ後、嫌々ながら頷く。

　にんまりと嗤った総一郎に肩を貸す形になり、感じたのは嫌悪感。それでも振り払うわけにはいかなかった。

庭になど出なければよかったと後悔しても後の祭り。

どっかりと体重をかけて寄りかかってくる彼を連れ、雪子は母屋にある総一郎の部屋を目指した。

「どこから出られたのですか？　総一郎様のお部屋の前の縁側《えんがわ》からですか？」

「ああ。だが部屋の中まで連れて行ってくれ。どうも今夜は呑みすぎたらしい。おっとっと。うう、眼の前がぐるぐるする」

できれば室内に入るのは避けたかった。しかし右に左にふらつく彼を放り出すわけにもいかない。

雪子は懸命に総一郎を支え、言われた通り彼を部屋の前まで運んだ。襖を開け、やっとの思いで布団に総一郎を横たわらせて、すばやく身を引く。だが、一瞬早く手首を摑まれた。

「冷たいぞ、雪子。そんなに急いで逃げることもあるまい」

「は、放してください」

酔っ払いの容赦ない力で手首を握られたため、骨が軋《きし》むほど痛い。

雪子が苦痛に顔を歪《ゆが》めても一切気にした様子もなく、彼は酒臭い息を吐きかけてきた。

ぐっと寄せられた顔は赤く倦《う》み、てらてらと脂《あぶら》ぎっている。お世辞にも触れたいとは思えなかった。

「こんな時間に外をうろついていたのは、何かよからぬことを考えていたんじゃないか？　大方、盗みでも働くつもりだったのだろう。ええ、おい、違うか？」

「な、何をおっしゃっているのですか」

とんでもない言いがかりだ。呆《あき》れて反論する気も失せた。

しかも相手は完全に酩酊《めいてい》状態なので、雪子が何を言っても無駄だろう。聞く気はないし、理解力も怪しい。

それに今の状況は非常に危険だ。

密室で、総一郎と二人きり。

丑三《うしみ》つ時《どき》のこの刻限、他に起きている者などいない。使用人たちは皆、離れで就寝中。

蓮治の助けも期待できるわけがなかった。

「黙っていてやるぞ。だから――――なぁ？」

ろくに歯も磨いていないのか、黄ばんだ歯を剥き出しにした総一郎が顔を近づけてきて、ゾッと背筋が粟立《あわだ》った。

先日の恐怖がよみがえる。押し倒され、胸元を乱されたあの日のことが鮮明に思い出された。しかも今は真夜中。昼間よりも更に身の危険を感じた。

「嫌……っ！」

理性を凌駕《りょうが》し恐怖と嫌悪が勝り、雪子は摑まれていた手を咄嗟に振り払った。これ以上はとても耐えられない。

幸いなのは、総一郎が酒をかなり過ごしたらしく、動きが鈍《にぶ》くなっていたことだ。

雪子が渾身《こんしん》の力で抵抗するとは思っていなかったのか、彼が油断していたことも大きい。おそらく判断力も落ちていたのだろう。どうにか総一郎を突き飛ばすことができ、雪子は部屋を飛び出した。

「雪子！」

背後から響くだみ声に振り返る気は一切ない。つっかけを引っかけ、縁側《えんがわ》の硝子戸《がらすど》を閉める余裕もなく全力で庭を走って逃げた。

彼に触れられた場所が気持ち悪い。寄りかかられた肩も、摑まれた手首も。

許されるなら今すぐ風呂で洗い流したい気分だ。

勝手に滲《にじ》む涙を拭《ぬぐ》い、歯を食いしばる。こんなことで泣きたくなかった。

――未遂なのだから、傷つく必要はないわ。こんなことで、私は何も損なわれたりしない……っ！

蓮治の手を煩《わずら》わせることなく自力で事なきを得たのだから、むしろ誇るべきだ。そう自分に言い聞かせ、雪子は何度拭っても溢《あふ》れてくる涙を止めようとした。

それなのに、涙はまったく止まってくれる気配がない。嗚咽まで漏れ、雪子は離れの傍まで到着した時点でしゃくり上げていた。

悔《くや》しい。屈辱感と羞恥で、おかしくなりそう。

自分が屈強な男であったり、女中という立場でなかったりすれば、こんな目に遭うこともないのに。理不尽だと怒りすら湧いた。

あと何年、こんな綱渡りじみた日々を過ごさなければならないのか。今日は無事に逃げられても、明日も上手くいくとは限らないのだ。

女中の立場はすこぶる弱く、主人に手を出されるなどありふれた話だった。

――蓮治さんに会いたい……あの方に頼ってばかりじゃいけないけれど、今すぐ慰めてほしい……

心も身体も寒くてたまらない。雪子のささくれた心が、蓮治の穏やかな笑みを見たがっていた。綺麗だった夜桜も、今は何の慰めにもならない。ただの樹だ。

このままでは余計眠れそうもないが、それでももう庭を散策する気にはなれず、すごすごと女中部屋を目指す。

何とか涙だけでも止めようと雪子は深呼吸を繰り返した。天を仰《あお》ぎ忙しく瞬いた視界の先に――

「――ああ……」

どうして辛いときにいつも、彼は現れてくれるのだろう。

月光に照らされた桜の下、一人の男性が佇んでいた。その人影を見つけた瞬間、凍《こご》えそうになっていた胸がふわりと温もる。

眼を閉じ考え事をしていたらしい彼は、雪子の声にこちらを向いた。

「……雪子さん？　こんな時間にどうしたのですか？」

夜を震わせる甘い響き。

先ほど総一郎と顔を合わせてしまった際とは、まるで違う感慨に満たされた。

全身の緊張が解け、その場に座り込みそうになる。どうにか免れたのは、蓮治が微笑んでくれたからだ。

――ああ、何て綺麗なんだろう……

銀色の光が桜と彼に降り注いでいた。その光景はまるで一幅《いっぷく》の絵画のよう。見ているだけで、雪子が抱えていた蟠《わだかま》りが溶けていく心地になった。

「もしかして、雪子さんも眠れなかったのですか？」

眼にしたいと渇望していた笑顔が、すぐそこにある。

悍《おぞ》ましい感触に支配されていた肩も手首も、嫌な感覚が不思議と遠退《とおの》いた。

「……はい。何だか寝つけなくて……ちょっと外の空気を吸おうと思って……」

「じゃあ僕と同じだ。でも女性が一人で出歩くには少々時間が遅すぎて危ないですよ。いくら屋敷の敷地内でもね」

まさについ先ほど、危ない目に遭ったばかりの雪子は、曖昧《あいまい》に微笑むことしかできなかった。

総一郎の部屋にいたときとは裏腹に、今が夜でよかったと思う。そうでなければ、きっと泣き腫《は》らした眼を蓮治に見られてしまう。止まってくれない涙も、この闇が隠してくれるだろう。

「……蓮治さんの言う通りですね。ちょっと迂闊《うかつ》でした。もう戻ります」

ぺこりと頭を下げ、雪子は離れの中に入ろうとした。声を震わせずにすんだことは、自分を褒めてやりたい。

明日の朝になれば、きっといつもと同じ雪子に戻れるはず。今夜のことは何でもないこととして、一晩経てば忘れられるに決まっていた。

――そうよ。別に何もされなかったのだもの……私はちっとも傷ついてなんていない。

「……雪子さん、何かありましたか？」

だが必死に張った虚勢は、彼にはお見通しだったらしい。

木に寄りかかっていた蓮治が身を起こし、こちらに近づいてくる。

今ならまだ、雪子の泣き顔は彼から見えない距離だ。月光も、庇の下にいる雪子を照らさない。だから『何でもありません』と言って、すばやく身を翻《ひるがえ》してしまえばいい。いくら蓮治でも、女中部屋まで追ってくることはないに決まっていた。

それなのに、雪子の脚は一歩も動いてはくれなかった。

じっと留まるだけ。さながら彼がすぐ傍まで来てくれるのを、待ち焦《こ》がれていたかの如《ごと》く。

「……泣いていたのですか？」

眼前で立ち止まった蓮治が、痛ましいものを見たかのように沈痛の面持ちになる。顰《ひそ》められた眉は、悩ましい形になった。

「あ、これは……」

「昼間、何か辛いことでもありましたか？　午前中に会ったときには元気そうでしたから、その後に？」

「ち、違います。昼間は蓮治さんに金平糖をいただいて、本当に幸せでした……っ」

焦ったせいで、言わなくてもいいことまで吐露《とろ》していた。勘のいい彼は、雪子の不用意な一言で察するものがあったらしい。

「――では今は？　外の空気を吸いに出ただけにしては、息が乱れていますね」

もうだいぶ落ち着いてきたものの、総一郎のもとから走って逃げてきたせいで、多少呼吸が乱れていた。そのことを指摘され、狼狽する。

「あの……」

「それに雪子さんが母屋の方向から歩いてきたのも、不自然です。――まさかこんな時間に総一郎さんから呼び出されましたか？」

「ち、違います！」

　断じて、呼び出しに応じたわけではない。そこまで雪子は阿呆ではないつもりだ。その点だけはしっかりと主張したくて、ぐっと喉に力を込めた。

「本当に眠れないから外に出ただけです。ですが酔った総一郎様に偶然お会いして……だいぶふらつかれていたので、仕方なくお部屋までお送りしてきたところです」

　その後にあったことは、説明しなくても蓮治には分かったはずだ。だから余計なことを言いたくなくて、雪子は着ていた浴衣を握り締めた。

　俯き自身を見下ろせば、先ほど掴まれた手首が少し赤くなっている。

　総一郎の指の痕《あと》を見られるのが嫌で、雪子はもう片方の手でそっと隠した。

「それだけです。何もされていません」

　実害がなかったことだけ、伝わればいい。それこそが雪子にとって一番大事なことだからだ。仮に誰に誤解されたとしても、蓮治だけが理解してくれればかまわなかった。

「……本当ですか？」

「ええ。私、自力で逃げられました。だから心配しないでください」

　自衛のできない馬鹿な娘だとは思われたくなくて、雪子は自分の身が無事であることを強調した。操は穢《けが》されていない。決して貞操観念が緩《ゆる》いわけでもないのだ。

　考えてみれば、総一郎のことなど放っておけばよかったのかもしれない。彼が酔ったあげくそこらで夜を明かすのは珍しくないし、今は外で一夜を過ごしても凍死する心配がない季節だ。精々風邪を引く程度。

見て見ぬふりをしても大事には至らなかっただろう。

今更ながら、自分の判断の甘さに歯噛《はが》みしたい気持ちになった。何故あのとき、総一郎にさっさと背を向けなかったのか。

あんな調子ならきっと、酔いが醒《さ》めれば今夜のことなどろくに覚えてはいなかったに違いないのに。

「……雪子さんは、優しすぎますね」

てっきり警戒心の乏《とぼ》しさを詰《なじ》られるかと思っていたのに、蓮治は深々と嘆息した後、柔らかな眼差しを雪子に向けてくれた。

月光が刻む陰影が、いっそう彼を妖艶に魅《み》せる。

黒髪が銀色めいた光沢を帯び、長い睫毛が強調され、乏しい光の下で切れ長の双眸が濡れた艶を湛えていた。

薄手の寝間着一枚なので、普段よりもずっと身体の線がよく見える。てっきり男性にしては細身だと思っていたのに、そんなことはない。袷から覗く胸板の逞しさ、筋張った手首や、洗ったままの無造作な髪が、常とは違う男の色香を醸し出していた。

昼間の蓮治とは何かが違う。それは漂う雰囲気かもしれないし、深夜に二人きりという状況のせいかもしれない。

それとも先ほどあったことのせいで、雪子が動揺しているからなのか。

どれが理由だとしても、雪子は彼から漂う見惚れるほどの男っぷりに、瞬きもできなかった。

「意に沿わないことを強《し》いる男なんて、容赦なく突き飛ばしていいですよ。そこに主従は関係ない。無理強いする男の方が、間違っている。それでなくとも女中の方々の立場は弱いのに、一人堪え忍ぶことが美徳だなんて理不尽です」

昨今の世の中、万が一女中が主人に手籠《てご》めにされても、男性側が罪に問われることはほとんどない。むしろ女側が『みっともない』『警戒を怠《おこた》った』として責められるのだ。その上妻も『下々の者を監督できなかった』『夫の手綱《たづな》を握れていない』と嘲《あざけ》られる。男にとっては『浮気は甲斐性《かいしょう》』『遊び』程度の認識でも、女側から見れば失うものが多すぎる。あまりにも不公平だ。

けれどそれが現実だった。

女中の心構えを説《と》くための教本『女中訓』にもそう書かれている常識なのだ。

「……蓮治さんは、私が短絡的だったと責めないのですか……？」

「どうせ総一郎様が送るよう命じられたのでしょう？　親切で真面目な雪子さんが断れるわけがありません。そもそも使用人が主に逆らうことは難しい。どうして僕が雪子さんを責めるのですか？」

　それなのに、彼は雪子に寄り添ってくれた。同じように理不尽に憤ってくれている。何もかも『女側の問題』として切り捨てず、本気で雪子を案じ、総一郎に怒ってくれていることが伝わってきた。

「あ、ありがとうございます……」

「何故、雪子さんがお礼を言うのですか……？」

　理解してくれたことがたまらなく嬉しいからだ。

　困惑した様子の蓮治は、再び涙を流し始めた雪子の前で、オロオロと手をさまよわせた。それは涙を拭おうとしてくれているのか。散々迷い、彼の手は最終的に雪子の頭に下ろされた。

「泣かないでください……」

　優しく撫《な》でてくれる掌《てのひら》の重みと熱が心地いい。同時に、どうしようもなく胸が痛い。子供扱いされている気がして、余計に涙が止まらなくなった。

　触れてくれたことが嬉しくても、労《いたわ》りの形が幼子《おさなご》に対するものだ。女として扱われていない事実が、雪子の心をチクチクと苛んだ。

　――そうよね……蓮治さんが私を見る眼は、総一郎様のものとは種類がまったく違うもの……

べったりと絡《から》みつくような不快感は微塵もなく、いつも精々が『妹』に向けられる微笑ましい視線だ。そこには恋情は勿論、劣情《れつじょう》すら欠片《かけら》もなかった。

思えば、初めて会ったときからそうだった。

雪子が十歳、彼が十五歳の頃。井澤家で初対面した時分には、二人ともまだ子供の域を出ず、当時から蓮治は雪子を妹のように可愛がってくれたのだ。

親元では自分が一番年長で、『姉』としてしっかりと両親を手伝わなければならない身だったため、雪子にとって彼は『兄』同然だった。

生まれて初めて得た、甘えられる存在。頼りがいのある優しいお兄さん。

親と故郷から遠く離れ、知らぬ人々の中に放り込まれた不安感と寂《さび》しさでいっぱいだった雪子が、すぐに蓮治に懐《なつ》いたのは当然だったと思う。

仕事の合間には、必ず彼に纏わりつくようになった。

そんな雪子を蓮治はうっとうしがることもなく、それはもう親切に面倒を見てくれたのだ。

分からないことは根気強く理解できるまで説明してくれ、時には叱ってくれた。頑張れば力いっぱい褒めてくれ、頭を撫でてくれた。

田舎から出て来たばかりの教養も礼儀も知らない小娘に、彼は暇を見つけては漢字を教えてくれた。おかげで今の雪子は、読み書きに不自由しなくなっている。

蓮治自身、ごく小さな頃に奉公にあがったはずなのに、いつの間に勉強していたのやら。きっとその勤勉さや努力もあって、若いうちから頭角を現していたのだろう。亡き先代から、大層可愛がられていたとも聞く。

いつだって誰に対しても分け隔てなく、親身になってくれる優しいお兄さん。それはつまり、雪子だけが特別なわけではないということだ。相手が誰でも同じこと。

他にも、希望すれば彼はいくらでも勉強に付き合ってくれた。

――計算や生きていくために必要な知恵も、惜しみなく与えてくれた……

それがもし雪子だけに対するものであれば、どんなによかっただろう。しかし実際は違う。友人の美津だって、蓮治にはかなり世話になった。

全員同列。特別は誰もいない。雪子を含め、誰ひとり蓮治の心を『恋人』として捕らえた者はいないのだ。

――蓮治さんは公平で、相手が上流階級の方々でも物乞《ものご》いでも態度を変えず丁寧に接している……素晴らしいことだわ。簡単にできることではない。でもそれは、好きも嫌いもないのと同じことじゃない……？

相手がどれだけ年下の子供だったとしても丁寧な言葉遣いを崩さないことが、彼なりの線引きなのかもしれない。

蓮治の内側には入り込めないことを感じ、雪子はそっと唇を噛《か》んだ。

あの当時から、自分たちの距離は決して縮まってはいないのだ。

五つの年の差と同じ。絶対に彼には追いつけないし、本当の意味で懐《ふところ》に入り込むことはできないのかもしれない。

蓮治の中には、固く鍵がかけられた部屋がある。そんな印象を雪子は以前から抱いていた。他者に心を許していないという意味ではなく、誰にも触れられない秘密を抱えていると言うべきか。

おそらくその場所に迎え入れられる人のみが、本当に彼の大事な『特別』になれるのだ。それ以外は、全員同じ。

――いくら親しくなれたように感じても、恋人には決してなれない……

寂しい。とっくに諦《あきら》めたつもりだったのに、こんな夜は抱き締めてほしいと焦がれずにいられなかった。

不安と孤独に押し潰されそう。

恋しい人の温もりに包み込まれたい。

総一郎から与えられた不快感を上書きしたくて、雪子はふらりと一歩踏み出した。

虫の声も聞こえない静かな夜。

あまりにも満月と桜が綺麗だから、惑わされたのかもしれない。それとも総一郎の酒気にあてられたのか。

普段ならあり得ない大胆さで、雪子は蓮治に近づいた。

あと半歩にじり寄れば、胸が触れてしまいそう。無言のまま距離を詰めたせいで彼は戸惑ったらしく、黙したままこちらを見下ろしてきた。

その瞳に揺らぐのは、困惑だけ。

それはそうだろう。

理由も言わずはらはらと涙を流す女が眼の前にいれば、狼狽して当たり前だった。優しい彼なら尚更、放っておくこともできず困るに決まっている。

雪子の頭に置かれていた蓮治の手が、迷いながら下ろされた。

重みが消え、切ない。

もっと頭を撫でてほしくて、雪子は咄嗟に彼の手を握った。

「……雪子さん……？」

今夜だけでいい。理由は憐《あわれ》みでかまわないから、あと少し傍にいてほしい。凍えそうな雪子の身体を温められるのは蓮治だけ。

言葉にできない気持ちが溢れ、雪子は彼の身体に抱きついた。

「……っ」

鼻腔《びくう》を擽《くすぐ》る蓮治の匂い。石鹸《せっけん》と、仄《ほの》かに漂う汗の香り。それらを吸い込んで、頭の芯がジンと痺れた。

身を固くした彼に振り解かれまいと、咄嗟に蓮治の背中に両手を回す。しがみつく勢いで額《ひたい》を彼の胸に擦《こす》りつければ、より香りが強くなった。

想像していた感触よりも、硬く逞しい。それでいて細い腰はしなやかで、『男』を感じさせた。

何もかも雪子とは違う身体つき。そして総一郎とも完全に別ものだった。

「どうしたんですか？」

惑う大きな手に後頭部を撫でおろされ、陶然《とうぜん》とした。

触れる場所の全てから、安心感と心地よさが滲む。接触しただけでこんな気持ちにさせてくれるのは、蓮治だけだ。

彼にとって雪子はその他大勢の一人でも、やはり自分にとっては特別なのだと痛感した。

――――好き。この人が大好き。

「……お願いします。少しの間だけでいいので、このまま……」

そうしたら嫌なことを忘れて、必ず元気になれる。

蓮治の背に回した雪子の両手は、激しく震えていた。そのことは当然彼にも伝わったのだろう。

動揺していた蓮治が、惑いつつ雪子を抱き寄せてくれた。

背中をゆったり摩り、大きな体軀で包み込んでくれる。その圧倒的な安心感に、雪子の震えはいつしか止まっていた。

静寂に満ちた真夜中の庭。それも片隅で、愛《いと》しい人の腕に抱き締められる。それだけでもう、雪子は叶わぬ想いが報われた錯覚を覚えた。

まるで秘密の逢瀬《おうせ》を重ねる恋人同士になれたよう。勘違いでいい。今夜だけの幻でかまわない。どうせ届かぬ願いなら、夢を見るのは自由だ。

束《つか》の間《ま》の妄想に溺《おぼ》れ、雪子は深く呼吸した。あと少し。数秒でもいい。このまま大好きな人の温もりに包まれていたい。贅沢すぎる今夜の夢を存分に楽しもうと、雪子が貪欲になったとき。

「……身体が冷えていますよ」

「……っ」

耳殻《じかく》を擽る呼気に、肌が粟立った。

何も羽織《はお》らず出てきたものだから、確かに寒気を感じていた。しかしほんの一瞬で熱いほど体温が上がる。

蓮治が身を屈め、雪子の耳元で囁《ささや》いたせいだ。

低い美声が直接耳に注がれ、ゾクゾクとした愉悦《ゆえつ》に変わる。喉奥がひくつき、漏れた声は酷く掠《かす》れたものだった。

「平気、です……」

早く部屋に戻れと諭《さと》されるのが嫌で、雪子は密着したまま頭を左右に振った。

きっともう二度とこんな好機には恵まれない。今夜を逃せば、抱き合うことなどないと思う。

だから絶対に離れたくないと示すため、しがみつく腕により力を込めた。

「痩せ我慢はいけない。ほら、肩も腰もこんなに冷えてしまっている……」

「……んっ……」

自分でも驚くほど、媚《こび》が滲んだ声が唇からこぼれた。

発熱したかのような蓮治の掌が、雪子の身体の線をゆっくり辿る。肩口から背中を通過し、腰まで。それもあと少し下がれば危うい部分に触れてしまいそうなギリギリの位置で、彼の手は止まった。

帯の下。それ以上下がれば、臀部《でんぶ》に触れてしまう。

思わせぶりに動く蓮治の指に、雪子は滾《たぎ》る吐息を漏らした。

「……ぁ……っ」

「少し、体温が戻ってきましたか……?」

それは羞恥と興奮で、全身が上気しているからだ。

外気の低さなどものともせず、雪子の体内に熱源が生まれていた。このまま炙《あぶ》られてしまいそうな予感で、知らず呼吸が浅く忙しいものへと変わる。

「母が昔言っていました。女性は身体を冷やしてはいけないと。特に首とつく部位……足首や手首を含めたところを温めた方がいいそうですよ」

「あ……んっ……」

雪子の首筋に蓮治の呼気が降りかかる。湿った熱が気持ちいい。特に何もされていない手首や足首にも、煮え滾る熱が巡った。

彼の鼻が雪子の首筋に擦りつけられ、愉悦が込み上げる。見知らぬ快楽の萌芽に、淫猥《いんわい》な声を抑えられなかった。

「蓮治、さん……っ」

「……何があったのか、話したくないなら聞きません。ですが今は余計なことを忘れてください。束の間でも、雪子さんの悪夢が癒えますように」

これはただの同情からくる慰め。分かっていても、舞い込んだ幸運に抗《あらが》えなかった。

恋しい男に甘やかしてもらえる好機を、無駄にできる女などいるわけがない。むしろ貪欲に、もっとと強請《ねだ》ってしまう。

雪子も例外ではなかった。

どうすればいいのか分からないなりに、蓮治の身体に取り縋《すが》る。背中に回した手で懸命に彼の形を弄《まさぐ》った。

肩甲骨の造形から引き締まった腰に至るまで。ここぞとばかりに何度も掌を往復させる。

それは計算した上での行為ではない。単純に本能からの欲求に従っただけだった。

「蓮治さん……もっと強く抱き締めてください……っ」

だから吐かれた言葉も誘惑の意図を秘めたものではない。そもそも雪子は男の誘い方など知らず、そんなことを一度もしたことがないからだ。

年上の女中たちがする際どい会話に加わったことさえなく、ある意味まっさらの雪子には、手練手管《てれんてくだ》など縁遠いものだ。

さながら子供と同じ。何も知らないから大胆にも残酷にもなれる。

「……っ」

微《かす》かに息を乱した蓮治が身を強張らせたことにも気づかず、雪子は必死に彼の身体に両手を絡めた。

まだ離れたくない。いっそこの夜が明けなければいい。

互いの身体がどんどん熱くなる。同じ温度に溶け合って、境目がなくなっていく錯覚が心地いい。

雪子はうっとりとし、彼の感触と温もり、そして香りを享受した。

――好きだと、言ってしまったらどうなるだろう？

これまで蓮治に告白し玉砕してきた人たちと同じで、袖にされてしまうとしたら。明日からはもう、気軽に声をかけてもらえなくなるかもしれない。

もらった菓子を分けてもらうことも、こうして優しさで癒してもらえることもなくなってしまう。

親切な彼のことだから、雪子を総一郎から変わらず助けてはくれると思う。だがそれだけだ。

おそらく『妹』の立ち位置も失って、気まずい『同僚』でしかなくなるのだろう。それはとても悲しいことに違いなかった。

――だったら、このままで……

きっと想いを告げるなら、これほど適した夜はない。今なら他に誰もいないし、この上なく幻想的な桜月夜だ。雰囲気に流されたと言い訳しても、許してもらえる気がした。

それでもあと少しの勇気が振り絞れず、雪子は口を噤んだ。

好きで仕方ないからこそ、どうしても言えない。

一線を越えてしまえば、全てをなくしてしまうのが眼に見えていた。今こうして優しくされる『妹』の特権を手放してまで危険な賭けに打って出る気にはなれない。しかもその勝負は、限りなく雪子の負けが確定しているものだ。あまりにも分が悪かった。

「……何だか懐かしいな……昔はこうして泣いている雪子さんをよく慰めましたね」

膝に抱かれ、目一杯甘やかしてもらったこともあった。

思い返してみれば、いったいいつから蓮治に抱き寄せられることも、頭を撫でてもらうこともなくなったのだろう。

雪子が少女から大人の女性に変わる過程で、身体的接触は減っていった。

彼の側から距離を取られたのは、蓮治の方が一足早く大人になったから、当然なのかもしれない。普通は親子や兄妹であっても、年を経《へ》ればベタベタするわけがないのだから。

反比例するように総一郎の魔手が雪子を悩ませるようになったのは、皮肉な話だ。

――もしも酔って押し倒してきたのが、総一郎様ではなく蓮治さんだったら……

酒の上の過《あやま》ちであっても、自分は拒まなかっただろう。

淫《みだ》らな妄想に、雪子の下腹が疼く。

ずくりとした甘い痛みが、不可思議な淫悦をもたらした。

体内から、何かが滲む感覚がある。膝を擦り合わせたい衝動に駆《か》られ、雪子は微かに身じろいだ。

彼の身体を力いっぱい引き寄せ、自らの乳房を押しつける。柔らかく形を崩した胸の頂《いただき》には、感じたことがない疼きがあった。

「――そろそろ部屋に戻った方がいい。寝不足になってしまいますよ」

蓮治に肩を押され、雪子は夢見心地から覚めた。

頭を上げれば、月の光を背負った彼が淡く微笑んでいる。ほんの少し困ったような表情で、眉尻を下げていた。

ろうから。

「雪子さんがちゃんと眠れるといいのですが」

きっと朝まで一睡《いっすい》もできない。気持ちが昂《たかぶ》りすぎて、蓮治のことばかり考えてしまうだろうから。

だがそんなことを言えるはずもなく、雪子も微笑み返した。

「……迷惑をかけて、ごめんなさい」

「迷惑だなんて、思っていませんよ。むしろ辛いときに僕を頼ってくれて、嬉しいです。僅かでも雪子さんの助けになれれば……」

どこまでも、彼は優しい。雪子が本当に欲しいものは差し出してくれないけれど、こうして傍にいてくれるだけで、充分だ。過剰な期待を抱くべきではない。

溢れ出そうになる恋情を抑え込み、雪子は無理やり唇で弧を描いた。

「……おやすみなさい、蓮治さん」

「ええ。おやすみなさい、雪子さん。また明日」

抱擁を解いた瞬間から、体温は下がっていった。

遠退いた熱が恋しい。つい再び伸ばしたくなる手を、渾身の力で戒める。

蓮治を求めかけた右手を、雪子は掌に爪が食い込むほど強く握り締めた。

「部屋の前まで送りますよ」

「大丈夫です。すぐそこですもの。蓮治さんも早く戻ってください」

実際、二十歩も歩けば、離れの中には戻ることができる。今更総一郎が追ってくるとも考えられないので、案じる必要はまるでなかった。

「でも……」

「本当に平気です。……慰めてくださり、ありがとうございました」

拳を開き、そっと手を擦り合わせる。

おそらく雪子の掌には、自身の爪痕《つめあと》が残っているだろう。夜の闇が赤い痕を隠してくれることを期待して、雪子は蓮治に手を振った。

「眼の下に隈《くま》でもこさえていたら、旦那様に叱られてしまいますよ」

年若くても、次期番頭と囁かれる彼がそんな有様では、他に示しがつくまい。未《いま》だ自分を気にかけてくれる蓮治にこれ以上心配をかけないため、雪子は殊更《ことさら》明るい声を出した。

「お互い、明日も頑張って働きましょうね！」

言うだけ言って身を翻した。

これ以上面と向かっていたら、きっとまた泣きたくなってしまう。

涙をこぼし続けている限り、蓮治は雪子を慰め甘やかしてくれると思う。しかしそれは卑怯な気がした。

彼の優しさにつけ込む真似はしたくない。強引に蓮治の内側に侵入するような、はしたない図々しさを雪子は持ち合わせていなかった。

振り返らず室内に戻り、美津たちを起こさないよう慎重に襖を閉める。窓のない女中部屋は完全なる暗闇に沈んだ。

まだドキドキと鼓動が暴れている。

蓮治との短い逢瀬で、のぼせてしまったよう。

布団に身を滑り込ませても、一向に眠気は訪れなかった。

——やっぱり今夜は眠れない……

切なさと恋しさの狭間《はざま》で痛む胸に手を当てる。

総一郎と遭遇してしまったのは最悪だったが、それでも今夜の思い出は大事な記憶として雪子の中に残るだろう。一生忘れられない大切な宝物として、輝き続けると思えた。

蓮治の胸板の逞しさや抱き寄せてくれた腕の力強さ、優しく髪を撫で、仄かに官能的だった背筋を辿る手つきを反芻《はんすう》し、雪子は眼を閉じる。

耳を掠めた吐息の熱さもまじまじと思い起こされた。

冷えたと思った身体が再び火照《ほて》り出す。

薄い布団の中で何度も身を捩《よじ》り、雪子は奇妙な情動を堪えた。

——明日からはいつも通りにしなくては……

冷静になろうとしても、ますます眼が冴え、体内で疼く熱は高まるばかりだった。

第二章　逢瀬

人間、一寸先は闇なのだと痛感する。身分も、性別も生まれた国も関係ない。『それ』は誰に対しても等しく訪れる終幕。

雪子は黒い着物に身を包み、炊事場と居間を何度も往復していた。

眼に映る色彩は白と黒ばかり。そこかしこからさざめく声が聞こえる。ごく小さな会話は耳を澄まさなければ内容までは聞き取れない。しかしどれも似たり寄ったりだった。

本当に悲しみに耐えている人もいるだろう。しかし圧倒的に好奇の視線が飛び交っていることは、誰の眼にも明らかだった。

「井澤さんも気の毒になぁ。せっかくの跡取り息子がこんなことになってしまって……」

「しかし相当な放蕩者だったらしいぞ。案外ホッとしているかもしれん。佐藤様のお嬢さんに手を出して、揉めていたという噂もあるし」

「おいおい、こんな場で不謹慎だろう」

窘《たしな》める声があっても、またしばらくすれば同じような会話があちこちで始まった。

ずっとその繰り返しだ。

弔問客《ちょうもんきゃく》は後を絶たず、朝からひっきりなしに訪れている。それだけ井澤家が手広く商売してきたからだろう。

今日は、先日急死した総一郎の葬儀が執《と》り行われていた。

「――でも意外よねぇ。ああいう御仁は殺しても死なないと思っていたわ」

「やめなさい、美津。いくら何でも死者を冒瀆するのはよくないよ」

一番年長の女中に窘められ、美津がぺろりと舌を出した。

「はぁい。ごめんなさい」

間延びした声で謝罪を述べたものの、美津は本気で悪いとは思っていないらしい。盆にのせた酒を軽い足取りで運ぶ姿には、微塵も主人家族の悲劇を悼《いた》む様子は見受けられなかった。

それを尻目に、年配の女中は深々と嘆息する。

「……まぁ、あたしらも総一郎様には色々面倒をかけられたからねぇ……特に若いあんたらは不愉快な目に遭っただろうし。――雪子、これも座敷に持っていっておくれ」

弔問客が多いからか、精進落としの料理をいくら補充しても足らない。酒もしかり。

雪子たち女中は、朝から座る暇もないほど大わらわだった。

「――まだ三十を過ぎたばかりなのに、若すぎないか。どこか身体が悪かったとも聞かなかったが、心不全とはね」

「大方、酒を呑みすぎたんだと思うね。あれの酒癖の悪さは、仲間内でも有名だったじゃないか。肝臓をやられても、不思議はないよ」

どうやら総一郎の同級生らしき男が二人、座敷で煙草《たばこ》をくゆらせながら雑談していた。それもひそひそと小声で交わしていない辺り、噂話を楽しんでいるという自覚もないらしい。

どちらもそれなりの身分らしく、しっかりとした身なりをしている。おそらく仕事も私生活も充実しているのだろう。

毎日酒に溺れるばかりだった総一郎とは雲泥の差だった。

――私も総一郎様には心底手を焼いていたけれど……何だか切ないな……。

葬儀の場で両親以外、本気で悲しみに沈んでいる者がいないのは、見ていて心苦しい。中には死者を悼むことよりも、食事と酒が目的だと言わんばかりの輩《やから》もいる。さもなければ、眼の前の男二人のように、楽しげに噂話に興じていた。

まるで死者を肴にした宴席場。

あれでも一応、雪子にとって主家の一員だ。何とも言えない虚しさを感じ、ひっそりと溜め息を吐いた。

——総一郎様には、早く私に飽きてほしいとは願っていたけれど、死んでほしいなんて思ったことはなかったのに……急死されるなんて、気の毒だわ……

彼は突然の心不全で亡くなった。

ある朝、一向に起きてこない総一郎を不審に思った女中が様子を見に行き、布団の中で冷たくなっているのを発見したのだ。

医者の見立てでは、明け方に異変があったのではないかとのことだった。

規則正しい生活を送っていなかった自堕落さが災いしたと言える。もし毎朝きちんと同じ時間に眼を覚まし活動する人なら、処置が間に合った可能性もあったらしい。

——お若かったのに、可哀想だわ……

苦手な人ではあったものの、哀れには思う。まして憔悴《しょうすい》する主夫妻を眼にすると、雪子はいっそう沈鬱《ちんうつ》な気分になった。

親にとって我が子に先立たれるのは、筆舌に尽くしがたい苦痛だろう。

いつもなら身なりに気を遣う美しい久子が、乱れた髪と虚《うつ》ろな瞳で座っている姿は哀愁を誘うものだった。

普段は恰幅《かっぷく》のいい松之助も、一回り小さくなってしまった心地がする。

それなのに親類たちの興味が専《もっぱ》ら、『井澤家の家督《かとく》を誰に継《つ》がせるのか』の一点のみなのは、流石に同情を禁じ得ない。

　今も松之助を囲み、叔父や叔母らが自分たちの息子を売り込もうとしていた。

「……何もこんなときに、そんな生臭い話を持ち出さなくていいのに……しばらくはそっとしておいてやれないものか」

「……蓮治さん」

　呆れ交じりの呟《つぶや》きが後ろから聞こえ、雪子は振り返った。

　そこには喪服に身を包んだ蓮治が立っていた。今日は呉服店が休みなので、そちらの従業員も葬儀に駆り出されているのである。

「旦那様たちを休ませてやりたいが……」

「まだ弔問客がいらっしゃるので、難しいと思います」

　こういった場での振る舞いは地方によっても違うので雪子にはよく分からないけれど、喪主が中座するのはまずいのではないかと思った。

「……それに、忙しくしている方が気が紛れるかもしれません……昔、ここに奉公に上がる前、私も末の妹を亡くしたことがあるんです。生まれてすぐに命を落としてしまったのですが……母が抜け殻《がら》状態になってしまったので、年長の私が色々奔走しました」

　あのときの雪子は全ての用事をこなした後、やっと泣くことができたのだ。それまでは嵐のように色々あって、自分の心と向き合う暇もなかった。

しかし今考えてみれば、それでよかったのだと思う。

もしもどうしようもない悲しみにすぐ気づいてしまっていたら、母を慰める余裕もなく、雪子自身落ち込むばかりだった。それでは可哀想な妹を送り出してやることすらままならなかったに違いない。

「……雪子さんは、年齢のわりにとてもしっかりしている。偉かったね」

大きな手で頭を撫でられ、当時の記憶に引きずられて泣きそうになっていた雪子は、現実に引き戻された。

「……子供扱いしないでください」

「してないよ。――できるわけがない」

「え？」

「――雪子、こっち片付けるのを手伝って！」

仄かに変わった蓮治の声音に首を傾げていると、座敷の向こうで美津が手を振った。どうやら空いた皿や湯飲みを下げようとしているらしい。

「あ……、今行くわ」

残念だが、蓮治といつまでも話しているわけにはいかない。今日は忙しい。雪子は彼に頭を下げた。

「ごめんなさい、蓮治さん。私もう行きます」

「ああ。しばらくはバタバタしそうだから、雪子さんも休めるときに休んだ方がいい」

「そうですね」

これからの不安はひとまず脇に置いて、雪子は美津のもとに向かった。

――私たち女中の生活は大して変わらないけれど、蓮治さんはきっと心配だろうな。店がどうなるか分からないものね……それでも私のことを気にかけてくれて、本当に優しい人だわ……

跡取り息子がいなくなったことで、後継者問題は避けられまい。

養子をもらうのか、それとも親族から選ぶのか……どちらにしても様々なことが変わるはずだ。おそらく蓮治の立場も変化すると思われた。

――何故だろう……とても嫌な予感がする。

漠然とした焦燥が雪子の内側から湧き起こった。

眼をやったのは、葉桜になりかけている庭の桜。泰然と佇む大木だけは、これまでと何一つ変わらない。

それなのに奇妙な予感がひたひたと迫ってくる。

まだ明るい刻限なのに、長い廊下の先には、漆黒の闇が蹲っている錯覚を覚えた。その奥に得体の知れない何かが潜《ひそ》んでいる。澱んだ暗がりで爪と牙を研ぎ、舌なめずりをしているかのような……

「……嫌だ、馬鹿馬鹿しい……」

雪子の独り言は誰に届くこともなく消えた。

だが全てを思い違いや気のせいと判じるには、粟立《あわだ》つ肌が不穏すぎる。

どこからか、チリーンと微かに鈴の音が聞こえ、虚空に溶けた。


黒いものが雪子を追ってくる。

それは人の手のようでもあり、ぬるぬると蠢《うごめ》く気味の悪い触手のようでもあった。

『……嫌っ、こっちに来ないで……！』

全力で走っていた脚が縺《もつ》れ、たたらを踏んだ。転んだら、きっとあれに捕まってしまう。

もし囚《とら》われたらいったい自分はどうなってしまうのか。

想像しただけで恐ろしく、雪子は震える両脚を懸命に前へ動かした。

――嫌だ。気持ちが悪いよ……！

どこまで走っても、前方の景色に変化はない。それどころか、先ほどからずっと暗闇ばかりだ。光の一つも見えないではないか。

――あれ？　そう言えば私はいったいどこを走っているのだっけ……？

そもそも何故、いつから。

呼吸が引き攣れて苦しい。長く走り続けたせいで、脚が重い。けれど振り返る勇気も、立ち止まる無鉄砲さも、雪子にはなかった。

おそらくもうすぐそこまで『あれ』が迫っている。ひょっとしたら、既に真後ろにいるかもしれない。

そう思った瞬間、うなじに生温かい呼気を感じた気がした。

『ひぃ……っ』

べったり粘つく湿気が気色悪い。雪子の眦《まなじり》に涙が滲んだ。

見下ろした足元で影が渦巻《うずま》いている。漆黒の闇でも、不思議とそれだけは見えた。

追ってくるものが何なのか見当もつかず、雪子はひたすら走り続ける。前へ。一瞬も休むことは許されない。――――■■したくなければ逃げるしか道はないのだ。

――――何をしたくなければ……？

一瞬頭に浮かんだ言葉が、金平糖のように脆《もろ》く崩れていく。

何を考えたのか、もはや分からなくなった。ただ雪子にあの菓子をくれた人のことだけは、鮮明に思い出せる。

――――蓮治さん……そうだ、蓮治さん……！　お願い私を助けて……！

頼れるのは、あの人だけ。依存してはいけないのに、雪子が救いを求められるのは、ただ一人の人だけだった。

黒いものの息遣いが背後に迫る。

——これ以上走れない……、もう駄目……っ
雪子が諦念《ていねん》に呑み込まれそうになった瞬間、前方に伸ばした手が何かに摑まれた。

「——雪子さんっ！」

「……っ」

最初に認識できたのは、光。聞こえるのは、自分の荒い呼吸音だけ。全身が汗まみれのせいか、不快感が尋常ではない。

一瞬、ここがいつでどこなのか分からなくなり、雪子は何度も瞬いて周囲を見回した。

「……え……？」

「大丈夫ですか？　しっかりしてください」

蓮治が顔を覗き込んできて、雪子は自分が井戸の横で蹲っていたことにやっと気がついた。

朝露に濡れた草が、陽光の下で風に吹かれている。気温や太陽の位置から考えて、まだ朝の八時頃だろうか。

井戸の縁《ふち》に寄りかかるようにして全身を弛緩《しかん》させていた雪子は、呆然としたまま自分の額に触れた。大量の汗をかいていたらしく、肌がぬるりとする。まったく暑くもないのに、全身が雨に打たれたかの如《ごと》く汗みずくになっていた。

「私……？」

「ここで苦しそうにしゃがんでいたんですよ。何度呼び掛けても眼を開けないから、心配しました」

信じられないことだが、雪子はどうやらこんな場所で居眠りをしていたらしい。それもまだ朝と言って差し支えない時間帯に。

「体調が悪いのではありませんか？」

「え、いいえ……大丈夫です……」

心配そうにこちらを見つめる彼に、緩々《ゆるゆる》と首を横に振って答える。風邪をひいているわけでもないから、体調がすぐれないということはない。しかし、不調は感じていた。

この一週間、雪子はろくに眠れていない。夢見が悪く、毎晩魘《うな》されているからだ。

昨晩も寝入ったと思えば恐ろしい夢を見て、何度も眼が覚めた。そうやって浅い眠りを繰り返しているうちに夜が明け、前日の疲れがまったく取れないまま忙しく働く――それがもう七日間も続いていた。

身体も頭も疲弊《ひへい》しているせいか、この数日は昼間でもぼんやりしてしまう。食欲はなくなり、肌の調子も悪い。

それでも気力だけでどうにか己を奮い立たせ、騙《だま》し騙しいつも通りに振る舞ってきたのだが――若く健康な雪子であっても、流石に一週間が限界であったらしい。

蓄積した疲れと睡眠不足で、しばし意識を失っていたようだ。

無理に酷使してきた身体は、休養を求めていた。

「顔色が悪い。それに、眼の下が真っ黒ですよ」

訝しげに眉を顰めた蓮治が、雪子を立ちあがらせてくれた。しっかりと支えてくれたものの、クラリと眩暈がする。思わずよろめいた拍子に、雪子は彼の胸に縋りつく形になった。

「あ……」

「危ない……っ、ひとまずここに座ってください」

井戸の縁に腰かけるよう促され、雪子は素直に従った。立ち眩みが酷く、吐き気も込み上げてくる。蓮治に余計な心配をかけるのが心苦しく、せめて呼吸を整えようと必死になった。

けれど依然として視界がぐるぐる回る。汗は一向に引く気配はなく、心臓がめちゃくちゃに打ち鳴らされた。

「焦らなくても大丈夫です。ゆっくり息をしてください」

狼狽する雪子の気持ちを察してくれたのか、彼が背中を摩《さす》ってくれた。だが着物越しであっても、雪子がびっしょりと汗まみれであることは伝わっただろう。

恥ずかしくて、いたたまれない。

恋しい男にこんな姿を見られたい女がいるわけもなく、雪子は未だ苦しい息の下で、泣きたくなった。

「あの……本当に、平気……です」

「黙って。嘘を言うくらいなら、口を噤んでください」

蓮治にいつになく強い口調で言われ、雪子は驚いた。いつも柔和な雰囲気を漂わせている彼に、こんなにも真剣な眼差しを向けられたことは少ない。

おそらく、総一郎からの被害を知られたときくらいだ。あまりにも厳しい顔をされたものだから、雪子は大人しく唇を引き結ぶことしかできなかった。

「……汗を拭きますよ」

袂《たもと》から手巾《しゅきん》を取り出した彼に額や頬、首筋を拭われ、瞬きもできない。ただ唖然として見開いた視界の中、蓮治が懸命に雪子を労わってくれていた。

着物から出ている場所は全て、手巾を握った彼の手になぞられていく。肘から先も、足首から爪先まで。

雪子が身動きできずされるがままになっていたのは、単純に驚きすぎて自失していたからに他ならなかった。

しかしそれも、着物の衿《えり》を僅かに越え蓮治の手が手巾と共に鎖骨辺りまで入り込んだ瞬間、呪縛が解けた。

「きゃ……っ」

「できれば一度部屋に戻って、背中もきちんと拭いた方がいい。でないと風邪をひいてしまいます」

「は、はい……」

落ち着き払った彼の様子に、下心めいた点は一つもない。本当に雪子の身体を案じてくれているだけだ。にもかかわらず、一人で動揺し、大きな声を出してしまったことがたまらなく恥ずかしかった。

「ご、ごめんなさい。ちょっと吃驚《びっくり》してしまって……」

「いいえ。もう立てますか？」

相変わらず心臓は激しく暴れている。だが先刻までの息苦しい動悸《どうき》とは、別のものに変わっていた。

今は甘い疼きに似た切なさを伴っている。胸を押さえた雪子は、蓮治に支えられながら立ちあがった。

「あ……大丈夫です。眩暈もありませんし……」

「よかった。では部屋の前まで送りますよ。盥《たらい》と洗濯物はこのまま置いていきましょう」

彼の言葉に、雪子は自分が洗濯をするつもりで井戸まで来たことをようやく思い出した。

毎日している仕事であるのに、すっかり頭が混乱している。

言わば慣れ親しんだ手順が分からなくなっているような、奇妙な感覚があった。

「……私、やっぱりどこか変ですね……」

どこか現実感が乏しいとこぼせば、蓮治が再び雪子の顔をじっと覗き込んできた。

「不眠症ですか？　確かこの前も、真夜中に庭へ出ていたでしょう」

鮮やかな夜桜の記憶がよみがえり、雪子は淡く笑った。

「いえ、あの夜はたまたまです。そう何度も眠れないことはありません」

かの夜は嫌なことがあったけれど、いい思い出でもある。彼があの特別な一夜をすぐに口にするほど覚えてくれているのだと知り、雪子は嬉しくなった。

自分にとっては生涯忘れえぬ記憶と思っていても、蓮治にとっては違うだろうと諦めていたからだ。

「そうですか？　でも雪子さんの眼の下の隈《くま》を見ると、あまり休めていないのは一目瞭然ですよ」

しかもたった今、あり得ない居眠りを披露してしまったところだ。適当な言い訳を作り出せる元気もなく、雪子は迷った末、この一週間ほとんどまともに睡眠がとれていないことを彼に打ち明けた。

「……そんなに長く？　医者には診《み》てもらいましたか？」

「大袈裟です。季節の変わり目ですから、少し調子を崩しているだけだと思います。それに……総一郎様が亡くなられて、色々と忙しいせいではないでしょうか」

屋敷の中は、未だ落ち着かない。

主夫妻がすっかり落ち込み、今までにない空気に支配されていた。特に久子が毎日苛立ち、ちょっとしたことで女中らを怒鳴り散らすので、皆緊張しているせいもある。

息子を亡くして憔悴している主を気遣う気持ちもあって、以前より無理難題を吹っ掛ける久子に誰も逆らえないのだ。

そのため雪子もずっと気を張っていた。あまり眠れないのも、きっとそれが原因だろう。

──ああ……考えてみたら、悪夢を見るようになったのは、ちょうど総一郎様の葬儀の日からだわ……

思い返せば、嫌な予感を覚えたあの日の夜から、不気味な夢に囚われるようになった。

悪夢の内容は詳しく覚えていないものの、『捕まってはいけない』という思いだけが、いつも雪子の胸に焼きついている。命懸けで逃げなければ、恐ろしいことになってしまいそうな──

──それだけ、奥様の対応に疲れているのかもしれないわ……

今では美津と気軽なおしゃべりをしながら掃除をすることも許されない雰囲気が、屋敷の中にはあった。

沈黙と抑圧の気配が、そこかしこにこびりついている。

余計な物音を立てれば、すぐさま久子の怒りを呼び起こす。一度激昂した彼女は口汚く女中を罵《ののし》るだけでは満足せず、酷いときには棒で何度も叩いてくることもあった。

それもこれも全て、大事な跡取り息子を亡くした悲しみと絶望によるものだろう。おそらくいずれは治まるに違いない。大事にはしない方がいい。

故に誰も抗議することもできず、息を潜めるようにして慎重に日々を過ごしていた。

とは言え、いくら久子を憐れんでいても、こちらだって人間だ。

精神的に追い詰められれば、心も病《や》む。雪子の場合、気持ちの上ではまだ平気だと油断していたものの、肉体の方が先に音を上げたのかもしれない。

この一週間余りの不眠は、自分自身への『休んだ方がいい』という助言かもしれなかった。

「一度きちんと診察してもらった方がいいですよ。睡眠不足を甘く見ると、大変なことになりますから」

「心配してくださって、ありがとうございます。でも……大きな病《やまい》にでもかからない限り、そう簡単には休めません」

井澤家で決められた女中の休日は月二回。次の雪子の休みは、まだ六日も先だった。それとて、ここ最近の状況を考えると、まともに取れるかどうか甚《はなは》だ疑問だ。

その上医者にかからねばならないほど体調を崩せば、暇を出されてしまう可能性も否めない。しかも診てもらうのはただではなく、給金のほぼ全額を仕送りしている雪子に診察料を捻出することは厳しかった。

「診療所に行くほんの一時間くらいなら、何とかなるでしょう」

「本当に大丈夫です。ほら、もうふらついてもいません」

雪子は体勢を支えるために掴んでいた蓮治の腕から、手を放した。身体は問題ないと示すため、明るく笑う。だがその笑顔は、顔色が悪いせいで少々影のあるものになった。

「……ちっとも説得力がありません」

「信じてください。――私、やっぱり汗を拭いてきますね。蓮治さん、ありがとうございました」

これ以上押し問答をしても、おそらく彼は納得してくれないだろう。親切であるが故に、雪子を何としても診療所へ連れて行こうとするかもしれない。

けれど金銭的理由で行きたくないのだと口にするのは恥ずかしく、雪子は強引にこの話題を打ち切った。

ぺこりと頭を下げ、逃げるように蓮治へ背中を向ける。そのまま離れにある女中部屋を目指し、慌ただしく中に飛び込んだ。

襖を閉めてしまえば、窓がないため室内は昼間でもうす暗い。

その中でのろのろと着物をはだけ、身体を拭いた。

——吃驚した……

手巾越しでも、彼の手が袷の奥に入ってきた感触が、生々しく肌に刻まれている。普通なら、着物に隠されている部分。家族や恋人でもない限り、絶対に異性の眼に触れることがない場所。そこに、蓮治の手が当たったところだ。勿論直接ではない。それでも、雪子はあわや火傷するかと思った。

今もまだ、鼓動と共に全身をドクドクと痺れが巡る。あの瞬間を反芻するたび、燃え上がりそうな熱の勢いは増していった。

——蓮治さんは、私の体調を気遣ってくれただけなのに……

いやらしい誤解をしてしまった。

あと少し彼の手が下にさがって着物の中に入り込んだとしたら……肘から上へ手巾が滑ったなら……いや裾を捲り上げて脚を撫で上げられていたならば……

尽きない妄想に背筋が戦慄《わなな》く。

自分の淫らな想像に愕然《がくぜん》とし、雪子は慌てて思考を振り払った。

「いったい何を馬鹿なことを……！」

恥ずかしい。これではまるで、欲求不満の痴女ではないか。

——寝不足のせいで、頭がおかしくなっているんだわ……

いつもなら考えないような愚かなことで頭がいっぱいになっている。もっとしっかりしなくては。

雪子は着物をきっちり着直して、大きく深呼吸した。

「ひとまず、洗濯を終わらせなきゃ」

万が一、久子に放置したままの洗濯物を見られたら一大事だ。

自身の頬を軽く叩き、雪子は気合を入れ直した。屋外で居眠りなど、気の緩んでいる証拠だ。仮にどれだけ疲れていても、あり得ない。それに懸命に身体を動かして働けば、今夜こそはゆっくり安眠できるだろう。

微かな期待に縋り、雪子は女中部屋を後にした。

チリーンと遠くで鈴の音が聞こえる。

か細い響きが漆黒の闇を震わせた。

雪子は数度瞬いて、左右に首を巡らせ嘆息する。

――また、夢の中だ……。

これまであまり夢を見ることがなかった雪子だったが、このところ毎晩訪れる悪夢に、身も心も疲れ果ててしまった。しかもこの夢は不思議なことに『今現実には自分の身体は眠っている。だからこれは夢である』という認識があるのだ。

けれど目覚めるのは容易ではない。

どろりとした粘度のある闇の中、雪子は手足を動かしてみる。だがいつものように指先も爪先も黒一色に塗りこめられ、判然としなかった。

それでいて足元には渦を巻く暗がりが見えるのだ。

まるで、雪子を深淵《しんえん》に呑み込もうとでもいうかのように。

――逃げなくちゃ……『あれ』が来てしまう……

足の裏の感触だけを頼りに、雪子は走り出した。前へ。ひたすら前へ。

ただし何も見えやしないから、実際にはまっすぐ進めているか分かりはしない。もしかしたら、同じ場所をぐるぐると回っているだけかもしれなかった。

だとしても、じっとしてなどいられない。

あれに捕まれば、きっと無事ではいられなくなる。雪子は恐怖に慄《おのの》いて、更に両脚を激しく交互に動かした。

早く。一歩でも距離を稼がなくては。

肺が破裂しそうなほど息が苦しくても。心臓が口から外に飛び出しそうなほど乱打していても。感覚がなくなるほど両膝が戦慄いていても。

逃げて逃げて、その先に――

——どうせいつかは捕まってしまうのに？

永遠に逃げ続けることなんてできるわけがない。あれは雪子に狙いを定めた。きっといずれ追いつかれてしまう。それは今日次の瞬間かもしれないし、明日の可能性もあった。早いか遅いかの違いだけ。

——人の身で■■から己を守る方法なんてありはしない——

ちりちりと脳が焦げつく。

酸素が足らず激しく喘《あえ》ぎ、暗闇の中雪子の荒い呼吸音が響いた。それから必死に駆ける足音。

足元にあるのが砂利《じゃり》なのか、踏み固められた土なのか、それとも草の生えた場所なのか、不思議と分からなかった。しかしそんなことは少しも問題ではない。

ただ一つはっきりしているのは、雪子が死に物狂いで逃げ続けなければならないということ。

背後から何かが迫りくる。

足音か息遣いかも判然としない音が、雪子の真後ろまで迫っていた。捕まる。黒い手が雪子の左右から摑みかかってきて——

「——雪子、あんたちょっと最近おかしいよ」

「……えっ」

同じ女中部屋で寝起きする、美津以外のもう一人の同僚が溜め息交じりに吐き出した。彼女の名前は登和《とわ》。腫れぼったい一重瞼《ひとえまぶた》が、今日は特に重そうだった。

我に返った雪子が顔を上げると、今が朝餉の最中だと気がつく。

自分の眼の前には、手つかずのご飯とみそ汁、それに香の物が置かれていた。どうやら箸を握ったまま、ぼんやりとしていたらしい。

――私……まさかまた居眠りをしていた……？

「このところずっと心ここにあらずでさぁ……夜だってしょっちゅう魘されているじゃない？」

雪子と美津より幾つか年上の登和は、気怠《けだる》そうに肩を竦《すく》めた。言外に、雪子が夜中魘されることで、自分もよく眠れないと言いたいようだ。

「ご、ごめんなさい」

「いや、いいんだけど……悩みがあるなら言ってみなさいよ。打ち明けるだけで楽になることもあるんじゃない？」

雪子から迷惑を被っていても、彼女は基本的に面倒見のいい人なので、案じてくれているのも事実らしい。隣では美津も心配そうに雪子を見つめていた。

「本当にどうしちゃったの、雪子。仕事の失敗も増えているし、何より顔色が最悪だよ」

蓮治に診療所へ行った方がいいと言われた日から既に四日。

雪子の不眠症は更に悪化の一途を辿っていた。そのせいで昼間はもはや使い物にならないくらい、毎日ぼうっとしている時間が長くなっている。

このままではいけないと焦るほど、尚更夜の睡魔が遠退く悪循環。眠れない日々が十日以上ともなれば、雪子には空元気を取り繕う余裕も残されていなかった。

「ごめんね、美津。貴女も私のせいで夜中に起こされているでしょう？」

「私のことは気にしないで。それより、今日は休んだ方がいいんじゃない？」

「いいえ、大丈夫。――身体を動かしている方が気が紛れるし……」

こうして落ち着いて座っていると、またいつ何時居眠りをしそうになるか、分かったものではなかった。

と言うよりも、このところ夢と現実の境が曖昧になっている気がする。

夜は夜で悪夢に追われ目覚めているのかいないのか、昼は昼で気を緩めると僅かな時間で夢に引きずり込まれるのだ。

そして眠りに落ちれば、例外なく気持ちの悪い夢を見た。

――眠るのが怖い……

悪夢を見るのが嫌だなんて、説明したところで人に理解してもらうのは難しいだろう。子供でもあるまいし、と笑い飛ばされるのが関の山だ。さもなければ、頭がおかしくなったのかと疑われると思う。

――誰にも相談なんてできないよ……ただでさえ皆奥様のご機嫌伺いで疲れているのに……

女主人である久子の行状は、ますます扱いにくくなっていた。

昼夜関係なく用事を言いつけ、思い通りにならなければ暴れて手がつけられなくなるのだ。夫である松之助もお手上げらしく、誰の手にも負えない。

まるで腫れ物に触るかのような毎日に、屋敷全体が疲弊していると言っても過言ではなかった。

「そう思うなら、もう少し頑張ってよね。私たちだって大変なんだから」

食事を終えた登和は、食器を手にさっさと立ちあがった。そのまま雪子を振り返ることなく、足音荒く去っていく。

「……あんな言い方しなくても……雪子だってわざと夜中に魘されているわけじゃないのに……」

「いいの、美津。心配してくれてありがとう。登和さんが気を悪くするのは当然だわ。全員疲れているのに夜中に何度も起こされて、しかも私が失敗続きじゃ……苛々して当たり前だもの」

その上悩み事があるのかと振っても原因をはっきり言わず、対策も立てられないとなっては、傍から見ていてもどかしく感じるのだろう。

――お金の心配はあるけれど、いい加減お医者様に診てもらった方がいいかもしれないな……

このままでは事態が改善するとは到底思えなかった。下手をしたら雪子が身体を壊してしまいかねない。もしもそんなことになれば、仕事を失い本末転倒ではないか。しかも他者に迷惑をかけているとなれば、悠長なことを言っていられなかった。

「明後日は休日だから、お医者様に相談してみるわ」

「そうね、それがいいと思うわ。一人で大丈夫？」

「勿論。きっとたいしたことじゃないから、美津も気にしないで」

無理やり食事を喉に流し込み、雪子は平気なふりをした。

胃が重く、吐き気がする。このところ、飲み物も身体がまともに受け付けなくなっていた。

――困ったな……これは本格的にまずいかもしれない……

とにかく今日と明日をどうにか乗り切ればいい。そんな気持ちで雪子は怠い身体を叱咤《しった》した。

そのとき、どこからともなく鈴の音が聞こえた気がする。

チリーンと、頼りない微かな音。

風に散らされてしまえば、あっという間に消えていく。聞き間違いだったかと雪子が視線を巡らせれば、再び同じ音を耳が拾った。

「鈴……？」

「え？　何、雪子」

「今、鈴の音が聞こえなかった？」

「私には何も聞こえなかったけど？」

近隣で祭りなどの予定はない。だいたいこんな時間に鈴の音が聞こえるとも思えず、雪子は自分で口にしておいて、首を傾げた。

幼子の玩具に小さな鈴があしらわれていることはあるけれど、井澤家にそのようなものを必要とする家人はいない。

ならばどう考えても、空耳だったのだろう。

「――そう、だよね……私の気のせいだったみたい……」

茫洋《ぼうよう》としたまま、雪子は弱々しく吐き出した。だが耳の奥には未だに幻の鈴の音が響いている気もする。いや、これは夢の中で聞いた音と同じ。だとしたら、自分は今も眼を覚ましていないのか――

「……雪子、かなり疲れているんだね。ねぇ、明後日なんて言わず今日にでも診療所へ行っておいでよ。私と休みを交換してあげるから。どうせ奥様も今の状態じゃ誰がいるかなんて気にしちゃいないよ。人数さえ揃っていれば、大丈夫だって」

「えっ、でも美津は今日の休日を楽しみにしていたんじゃ……」

「別に予定があったわけじゃないから、大丈夫。ね？　行ってきなよ、雪子。そんな有様じゃ、倒れても不思議はないよ……」

友人に必死に言い募られ、雪子の心が動いた。

どちらにしても診療所に行くと決めたなら、一日でも早い方がいい。今日明日と無理を押し通して悪化させるよりも、美津の善意に甘えた方がマシだと思えた。

「……本当にいいの？　美津……」

「うん。その代わり今度私に何かあったら、便宜《べんぎ》を図《はか》ってよね」

冗談めかして言ってくれた彼女に心から礼を述べ、雪子は今日医者に診てもらうことにした。

そうと決めたら、モタモタしている暇はない。

美津に何度も頭を下げ、女中部屋に戻って割烹着を脱ぐ。万が一に備え貯めておいた虎の子を手に、井澤家を出たのは八時過ぎ。

まだ診療所が開くには早い時間ではあるものの、行って待っていようと思ったのだ。そうすれば、いの一番に診てもらえる。どうせ部屋にいたところですることはないし、下手をしたらまた悪夢を見かねない。

それなら外の空気を吸った方が気分転換にもなる。

――我慢してもちっともよくならないなら、さっさとお医者様に診てもらえばよかったんだわ。結局自力で解決できないのに、無駄に耐えて私ったら馬鹿みたい。……でもこれで、全てよくなるはず――

雪子は診療所に行きさえすれば万事解決すると期待した――けれど、結果はとんだ肩透かしを食らっただけだった。

「――うん、気の持ちようだね。色々あって、気苦労が増えたせいじゃないかい？　あまり考えすぎないことだ」

診察が終わり、そんな誰でも言えることを医者に宣《のたま》われ、飲み薬を処方されたのみ。せっかく意気込んで大事なへそくりをつぎ込んだのに、ガッカリである。

これといった有意義な助言ももらえず、雪子は落胆して診療所を出た。

――何だかお金も美津の気遣いも無駄にしてしまった気分……

だが一応、薬はもらえた。原因ははっきりしないものの、これで不眠が改善されれば御の字である。とにかく妙な悪夢を見なくなりさえすれば雪子としてはかまわないのだ。

俯きながら歩いていると、単調な己の足音を耳が拾った。

いつもなら屋敷の中で働いている時間。休日でも出歩くことがあまりない雪子には、一人きりの外出は珍しい。いったいいつ以来だろう。

下手に出かけると活動写真だ甘味屋だと誘惑が多いので、控えていたのだ。

そうまで自身の生活費を削って、雪子はできる限り仕送りに回していた。今回診察を受けるために使ってしまった分は、何かあって緊急に田舎に帰らねばならなくなったときや、どうしても必要なものを購入しなくてはならなくなったときのため取っておいた分だ。けれど満足が行く結果を得られず、ずっしりと気分が沈む。本当に飲み薬如きで改善できるのか疑わずにはいられない。

こうして疑心に囚われるのも、身体が本調子ではないからだと思う。何もかもが上手くいかないような、ささくれた気分だった。

——それもこれも、あの悪夢のせい……

夢の中で自分を追ってくるものの正体は、未だに謎だ。いっそ立ち止まって振り返ってみればいいのか。しかし今はそう思えても、いざ夢の中にいると恐怖が先だって何も考えられなかった。

——今夜も変な夢を見たら嫌だな……ううん、今日は薬をいただいたから、きっともう大丈夫……

後ろ向きになる気持ちを鼓舞するため、雪子は心持ち歩く速度を上げた。

すると背後で、自分のものとは違う足音が響く。

——え……？

気のせいではない。

歩幅や履物が違うらしく、重ならない足音が近づいてくる。それも雪子が足早になったことで、相手も歩を速めたらしい。

少しずつしかし確実に接近してくる『何かの気配』に雪子の全身が総毛立った。

——嫌……っ、何かが私を追ってきている……っ？

まるで悪夢の中と同じ。じりじりと背中に迫ってくる何か。

つい先ほどは振り返ってみればいいと考えていたことも忘れ、雪子は小走りになる衝動を抑えきれなかった。

——怖い……っ、捕まったら■■させられてしまう……！

ざわざわと悍ましい感触が全身に広がった。明るい日差しに照らされているはずが、途端に暗闇に放り込まれた心地になる。

何も見えないはずはないのに、泥の中を懸命にもがいている錯覚。このままでは窒息してしまう。あれの指先がもうすぐ後ろに迫っている確信を抱き、雪子は恐慌をきたしそうになった。

「……ひっ……！」

「雪子さん、随分脚が速いですね。そんなに急いでどこへ行かれるおつもりですか？」

ポンと肩を叩かれて、張り詰めていたものが一気に緩んだ。

膝から力が抜け、その場にくずおれそうになる。どうにか踏ん張ることができたのは、咄嗟に傍らの塀に手をついたからだ。

「れ、蓮治さん……」

辛いときはいつだって、彼がどこからともなく現れる。そして真っ黒なもので押し潰されそうだった雪子の心を、ふわりと軽くしてくれるのだ。

「こんな時間に外にいらっしゃるなんて珍しいですね。僕は使いに出た帰りなんですが、雪子さんも同じですか？」

「私は……美津と休日を交換してもらって、診療所に寄った帰りです……」

「え。やはりあれから体調が悪化していたのですか？」

お得意様への届け物でもした後なのか、彼はこざっぱりとした格好をしていた。いつも店で着けている前掛けもない。不思議と気品があり、大店の若旦那と言われれば信じてしまいそうな出で立ちだった。

「え、ええ。やっぱりあまり眠れなくて……」

「確かに顔色がかなり悪い。ああ、立ち話なんて負担になりますね、雪子さんこちらへ」

蓮治に手を引かれ、雪子が連れて行かれたのは小さな喫茶店だった。とは言え、過去に数回自分が出入りした甘味屋とは趣がだいぶ違う。

あちらはもっと大衆的で、子供たちが駄菓子を求める店に毛が生えた程度のものだ。しかし彼が案内してくれたのは、落ち着いた大人の社交場という雰囲気だった。

客層も女子供らより、身なりのいい紳士ばかり。中には洋装を颯爽と着こなす者も少なくない。給仕する女給は見目のいい女性で、揃いの制服がとてもよく似合っていた。

店内の内装も安っぽいところはまるでなく、どっしりとしたテーブルも一目で高級品だと窺える。

更に他のテーブルを見ると、使うのが惜しいほどのカップで薫り高い珈琲《コーヒー》が提供されていた。

「あ、あの……」

店構えに相応しく、値段も段違いに違いない。

持ち合わせの金を使い果たしたばかりの雪子は動揺し、身を縮ませることしかできなかった。

「何を飲みますか？　お腹が空いていれば、軽食も……」

「い、いいえっ、お水で充分です」

とても自分には支払えない。恥を忍んで持ち金があまりないことを告げてしまおうか。

すっかり挙動不審になった雪子に何かを察したのか、蓮治がテーブル越しにそっと身を乗り出し、耳元で囁いてきた。

「ご心配なく。女性に奢《おご》る程度は、僕も稼いでいますよ。そこまで甲斐性なしではありません」

「えっ、そ、そんな……」

「ほら、何がいいですか？　シベリアやアイスクリンもありますよ」

「の、飲み物だけで……！」

指し示されたメニューに並ぶ甘いものたちには正直とても心が惹かれたけれど、雪子は首を横に振った。

未だ状況が呑み込めず、頭が混乱して破裂しそうになっている。

成り行きとは言え彼と二人きりで喫茶店に入るなんて、まるで恋人同士の逢瀬のようだと気がついたからだ。

――こ、こんなことは初めてで……どうすればいいのかまったく分からないわ……！

傍から見て、自分たちはどう映っているのだろう。

ひょっとしたら、特別な関係だと思われているかもしれない。そう思い至れば、冷静でいられるはずもなかった。

「そうですか？　では甘いものでも飲みますか？」

「お、お任せします……」

雪子にはメニューに載っているハイカラな名前が何なのか、さっぱり予想できなかった。

それに、じっくり考える余裕もない。

ここは場慣れた様子の蓮治にお任せする以外、正解が導き出せそうもなく、無意味に何度も頷いた。

「分かりました。では僕が選びますね」

自然な仕草で女給を呼んで注文する彼は、とても呉服店で丁稚奉公から始めた使用人とは思えない。さながら生まれたときから良家の子息であったかのようだ。

――すごいな……蓮治さん、こういう場所でも全然臆《おく》したところがなくて……大人なんだわ……

五つの年の差を強く感じ、雪子は膝の上できゅっと拳を握り締めた。

彼との距離がいつまで経っても縮まらない。一抹の寂しさを感じ、睫毛を震わせた。

「――雪子さん、最近互いに忙しくて顔を合わせる機会がありませんでしたね。奥様が不安定なのは知っていましたけれど……皆さん気苦労が多いのですか？　貴女が医者にかかったというのも……」

「は、はい。色々疲れているのかもしれません……」

なかなか気が休まらず神経がささくれているから、眠りが浅いのかもしれない。そう雪子が打ち明ければ、蓮治は腕組みをして難しい顔をした。

「普通、身体が疲れていれば眠れるものですが」

「えっと、お医者様は強い不安や気にかかることがあると、不眠になる可能性があるとおっしゃっていました」

「そうですか……――ですがこう言っては不謹慎かもしれませんが……その、雪子さんはむしろ心配事が一つ減ったのでは？」

「……っ」

彼ははっきりと明言こそしなかったものの、何を言いたいのか雪子にはすぐ理解できた。

総一郎がいなくなったことで、貞操の危機は去ったと指摘したいのだ。

雪子もその点はホッとしていなかったわけではない。けれどだからこそ。

「わ、私……総一郎様の死を喜んだことなんて一度もありません……っ」

疚しさは微塵もない。しかし罪悪感が皆無かと問われれば、頷くことは難しかった。

おそらくそれは、総一郎の死を心底からは悼んでいない後ろめたさから来ているのかもしれない。

取り繕うことなく言えば、雪子は泣くほど彼を惜しんではいなかった。憐れんではいるものの、それだけ。

勿論自分は総一郎の死に一片たりとも関与していない。しかし生前の彼とは色々なことがあった。そのせいで、『無関係』とも言い切れない。

客観的に俯瞰してみた関係性は、主家の跡取り息子と使用人でしかないものの、拗《こじ》れたいきさつや感情が横たわっている。

本来なら、主夫妻に寄り添って、悲しみを共有しつつ励まし支えるのが、女中としてあるべき姿だろう。

だが自分のことに精一杯で、雪子には主人らを思いやる時間も余裕もなかった。冷たい娘だと思われても仕方がない。

また、そんなはずはないと分かっていても、蓮治に『総一郎が死んで喜んでいる、人でなし』と思われている気がして、悲しみが込み上げた。

「私は……っ」

「雪子さん、僕はそんなふうに思ったことはありません。誤解しないでください。ただ、貴女が心配でたまらないだけです」

気が昂《たかぶ》り、滲みかけていた雪子の涙が引っ込む。

目尻に感じる温かな熱。少し硬い指先。丁寧に切り揃えられた爪。

それらの感触に意識を奪われ、込み上げていた涙はどこかへ消えてしまった。彼が自分の頬に触れているのだと、しばらくしてから気がつく。

「あ、の……」

「雪子さんに辛い顔をされると、僕が苦しい。傷つけたのなら、すみません」

「い、いいえ……私の方こそ、過剰に反応してすみませんでした……」

「とんでもない。過敏になっているだろう貴女を気遣えなかった、僕の落ち度です」

どこまでも優しい蓮治の言葉に、雪子の胸が締めつけられた。

会うたび、言葉を交わす都度、どんどん想いが深まってしまう。いつかは心の器から溢れ、雪子は自分の気持ちを打ち明けかねなかった。

――そんなことをしたら、こうして親切に接してもらえなくなってしまうのに……。

今一度、暴走しかかる恋心に歯止めをかける。

雪子は落ち着くために、運ばれてきたレモネードを一口飲んだ。瞬間、これまで感じたことのない刺激が喉を通過した。

「……美味しい！　シュワシュワします……！」

炭酸の飲料を口にしたのは初めて。噂には聞いていたものの、口内で弾ける不思議な感覚に、雪子は眼を見開いた。初体験の驚きが、年相応の娘らしさを取り戻させる。

「それにとっても甘いです。しかもほどよい酸味もあって……ええ？　いったい何が入っているのですか？」

「気に入りましたか？　それならよかった」

優雅《ゆうが》な所作で珈琲を飲む蓮治は、思わず見惚れるほど様になっていた。喫茶店で働く女給たちも、チラチラと彼に視線をやっている。

やはり蓮治の麗しい容姿は、女心を惹きつけるものらしい。

――ううん、それだけじゃないわ……見た目だけではなくて、滲み出る雰囲気が、他の男性とは違うもの……

上手く説明できないが、粗野な感じがないからだろうか。

肉体労働に従事する男性は、どうしたって荒々しい気質に傾きやすい。また商人であれば、どこか油断ならない計算高さが垣間見える。

しかし彼はそのどちらにも当てはまらなかった。

とは言え、総一郎のように良家の放蕩息子的な危うさも、まるでないのだ。

――呉服を買いに来られるお客様の中には、いかにもお坊ちゃん然とした品のいい方々もいるけれど……どちらかと言うとそういう人たちに近い感じ……？

お金持ち特有の浮世離れした面を取り払ったと表現すれば、一番しっくりくるかもしれない。抜け目のないしっかりとした鋭さと、育ちのよさが共存しているような、不思議な感覚だった。

――何て、私の勝手な印象にすぎないけれど……緊張しているせいで、おかしなことを考えちゃうな……

少々気まずくなった空気を完全に払拭したい。せっかくこうして二人きりでお茶をする好機を得たのだ。雪子は叶うなら、もっと楽しい会話をしたいという欲に駆られた。

「あ、あの……蓮治さんのお名前は、どんな意味が込められているのですか？　男性に花の名を入れるのは珍しい気がして……」

少々強引な話題転換だっただろうか。しかし、実は以前から聞いてみたかったことでもある。

　女性であれば我が子の美しさを願い、名前に花を使うのはよくあることだ。だが雪子の知る限り、男性につけられることはあまりないと思う。

　男性の場合大抵は勇ましかったり、立身出世を願うものであることが多い。

「ああ……母が蓮《はす》の花が好きだったのもありますが、『どんな場所でも自分らしく咲き誇れ』という意味が込められているそうです」

「どんな場所でも？」

「はい。蓮は泥の中から美しい花を咲かせるでしょう？　ですから環境や周囲に左右されず、すっくと立てと言いたかったらしいです」

「へぇ……とても素敵ですね」

　雪子の脳裏に、清廉《せいれん》な蓮の花が思い浮かんだ。仏像の意匠《いしょう》にも用いられる花は、高貴ですらある。そう思えば、蓮治にはこの上なくピッタリだと感じた。

「お似合いです。お母様が考えられたのですか？」

「ええ。生前、我ながらいい名を思いついたと自慢していましたよ」

「……え」

　まさか彼の母親が既に鬼籍に入っているとは思っておらず、雪子は言葉をなくした。

　どう返事をすればいいのか分からず、口ごもる。

困り果てて視線を泳がせていると、向かいに座った蓮治が微笑む気配がした。

「気にしないでください。もう、何年も昔の話です。雪子さんは優しいですね」

「……何年も昔と言うことは、蓮治さんが幼い頃に……？」

彼の母親なら、生きていたとしてもまだ四十を幾つか越えた程度ではないのか。あまりにも若い。何らかの病に倒れたのかと考え、雪子は他者の事情に自分が踏み込みすぎたことに気がついた。

「……ぁっ、ごめんなさい……こんなことを聞くなんて、図々しいですね」

「いいえ。気にしていません。僕も久しぶりに母を思い出せて、楽しかったです」

穏やかに言う蓮治からは、本当に不快な様子は欠片もなかった。それどころか懐かしそうに眼を細める。

「……母は、息子の僕が言うのも何ですが、とても美しい人でした。聡明で思慮深く、あの年代の女性にしては勉学にも貪欲で、ものをよく知っていたと思います」

「素晴らしいお母様だったんですね」

彼が母親について語ってくれることが嬉しくて、雪子は弾んだ声を出した。

きっと蓮治の母なら、それはもう絶世の美女だったのだろう。立ち居振る舞いにも気品があったに違いない。

会ったことはないけれど、何故かそう確信した。

おそらく彼の不思議な魅力は、母親から受け継いだものだと思ったからだ。

「母を褒めてくださり、ありがとうございます。でも一つだけ欠点をあげるとすれば……情が深すぎたことかもしれません」

「情？」

「母は、好きになってはいけない相手に心惹かれてしまい、結果的に不幸を作りました。あれほど頭のいい人だったのに、恋情とは恐ろしいものですね。我が身も焼き尽くす業火に、自ら飛び込んでしまうのですから……」

蓮治はそれ以上語らず口を噤んだが、雪子には察するものがあった。

もしかしたら彼の母親は、妻子ある人に恋をしたのかもしれない。もしくは夫がある身で、別の男性に心奪われたのか。

どちらにしても、世間からは後ろ指をさされる関係だったのだと窺えた。

――ああ、だから蓮治さんは……

どこか色恋から距離を置こうとしているのかもしれない。

いくら裕福な家の娘でも美女であっても靡《なび》かないのは、自身の母親の件があるから、溺れることを恐れているのではないか。

身を持ち崩した母親をすぐ傍で見てきたために。

そう考えれば、方々から引く手あまたでも見向きもしない彼に合点がいった。

確かに恋心は一歩間違えれば破滅にも向かう恐ろしいものだ。雪子自身、日々心が焦げそうになるから、よく理解できた。

玉砕すると分かっていて尚《なお》、踏み出したくなる葛藤と日夜戦っている。

ひょっとしたら……と淡い期待を捨てきれず、想いは募るばかり。理屈や理性ではどうにもならない厄介《やっかい》な代物なのだ。けれど――

「……蓮治さんのお母様は情熱的な方だったのですね。それに、勇気がある。普通は傷つくと分かっていて突き進むのは、二の足を踏みますもの……」

誰だって自分が可愛い。

むざむざ傷を負いたくはない。まして火達磨《ひだるま》になりかねない茨《いばら》の道なら、途中で冷静になっても不思議はなかった。

「善《よ》いことか悪いことか私には判断できませんが、何かに一所懸命没頭できるのは、それもまた才能だと思います。人生を捧げられるほどの恋に殉じるのも同じです。そういう相手に出会えるのは、奇跡に等しい。……私は、蓮治さんのお母様が少しだけ羨ましいです」

保身に走らず、報われる可能性は低くても、一途に想いを貫き通したのなら、それはそれで誇れる生き方なのではないかと思った。

勿論それらの過程で別の誰かを貶《おとし》めたり傷つけたりするのは褒められたことではない。

いずれ罰は受けるだろう。

そしておそらく、彼の母親は報いを受けたのだ。だとすれば、雪子には何も言うべきことはなかった。そもそも、口出しする立場にはない。

「……雪子さんは、僕の母を軽蔑しませんか？　慎みがない恥知らずだと――」

「しません。直接私が被害を被ったわけでもないのに、責める方がどうかしています。人の内面は、他人には知り得ませんもの。お母様も色々思い悩んで、辿り着いた結論なのでしょう？　だったら外野が騒ぐのはおかしいです。あ……もしも蓮治さんが傷つけられたなら、黙っていられませんけど！」

あくまでも雪子は部外者だ。何も言う権利はない。それでも彼が苦しめられたなら、話は別だった。

「ふ……ははっ、僕のためなら怒ってくれるということですか？」

「当たり前です。蓮治さんが被害者なら、私がやり返してやりたいわ」

「雪子さんは時折勇ましく、面白い。何をどうやり返してくれますか」

「ええっと、まず蓮治さんを嫌な気分にさせたことを謝らせます。それから無関係なのに騒いだ人たちがいたら、頭を下げてもらいます！　全員反省するまで許しません」

頬を上気させて熱く語る雪子を楽しそうに眺めた後、彼は腹を抱えて笑った。

「ははは、本当に愉快だ。その発想はなかった。雪子さんは純粋で公平な眼を持っている……ああ、でもそうか。僕は怒ってもよかったのかもしれませんね。いつの間にかたくさんのことを諦めて、受け流す癖がついていました……」

雪子には蓮治の心境の変化は窺い知れない。けれど、彼はどこかすっきりとした顔で言った。

その様子には、先刻母親のことを話していたときのような翳《かげ》りはない。

そして雪子もまた、蓮治と過ごすうちに重苦しく全身を覆っていた倦怠感《けんたいかん》から解放されていた。

──何だかここ最近で一番身体が軽い。やっぱり、私には気分転換が必要だったのかな。蓮治さんとおしゃべりできたおかげで、気持ちまで明るくなれた……

楽しい。このひと時は不眠の辛さも吹き飛ばすほどの極上の時間だった。

レモネードはゆっくり一口ずつ味わうように飲んでいたものの、あと少ししか残っていない。彼はもう珈琲を飲み終えている。

つまり雪子がレモネードを飲み干してしまえば、夢のような逢瀬は終わりだった。

──嫌、だな……まだ井澤の屋敷には戻りたくない……蓮治さんはお使いの帰りだから早く戻らないといけないのに……私ったらもう少し一緒にいたいと思っている……

贅沢で欲張りだ。

偶然会って、お茶を奢ってもらっただけでも奇跡に近いのに、人の欲望は果てしなくて嫌になる。一つ満たされればすぐさま次の欲求に翻弄《ほんろう》された。

雪子は二人きりの時間を引き延ばそうとしている自分に嫌気が差し、未練を断ち切るため最後の一口を勢いよく飲み干す。

そうでもしないと、レモネードが温くなるまでいつまで経っても飲みきれない気がした。

「……ごちそうさまです。本当に美味しかったです。こんなに甘くて楽しい飲み物、初めて口にしました」

「喜んでもらえてよかった。幾分、顔色がよくなりましたね。――また二人で一緒に来ましょうか」

「えっ」

社交辞令だとしても心が躍《おど》った。

ニッコリと微笑んでくれた彼の真意は読み切れない。ただの冗談だったのかもしれないし、深い意味など初めからなかった可能性もある。

それでも、『もしかしたら次回がある』という期待だけで、雪子は空も飛べる心地になれた。

――また誘ってもらえたら……

「さて、まだ時間は大丈夫ですか?」

「え、ええ。私は美津と休日を交換してもらったので、今日は一日空いています」

てっきりこのまま井澤邸に帰るのだと思っていた雪子は首を傾げた。

「ではこの近くにある神社に寄っていきませんか」

「え……？　でも蓮治さんはお使いの帰り道では？」

早く戻らねば、仕事に差し障りがあるのではないか。そう問うと、彼は首を横に振った。

「このところ、店はほとんど閉めたままで、お得意様の注文だけ受けている状態なんです。ですから一日店舗にいなければならないわけではありません。今日も幾つか届け物をした帰りですが、思いの外早く終わりました。だから少し寄り道をしても大丈夫ですよ」

まだ、帰らなくてもいい。

しかも彼が雪子に付き合ってくれると言う。そんな魅力的な誘惑に抗えるはずはなかった。

「……本当に、平気ですか？」

「ええ。ですからお参りしていきましょう。雪子さんは薬を処方してもらってもう問題ないと思いますが、念のため神頼みもしておいて損はありません。できることは全部しておけば、今夜は絶対安眠できますよ。それに僕も、最近の鬱々《うつうつ》とした空気に気が塞いでいるんです。気分転換に付き合ってくれませんか」

そう言われてしまえば、断る理由はもはやない。

雪子は大きく頷いて立ちあがった。

「分かりました。是非行きましょう、蓮治さん」

「はい。今年は初詣《はつもうで》にも行っていないので、参拝なんて久しぶりです」

喫茶店での会計をすませ、雪子と蓮治は連れ立って神社を目指した。

ここから一番近いのは、小高い丘の上に社をかまえるお稲荷様だ。緑に囲まれた中、長い石段を上っていくと、一気に景色が開け、目的地に辿り着いた。

「近すぎると、案外脚が向かなくなるものですよね。私もここへお参りに来たのは久しぶりです。確か、三年前かな？」

静まり返った境内《けいだい》に、他にひと気はない。

どこか清涼な空気が満ちている気がして、雪子は深呼吸した。緑の匂いを鼻腔いっぱい吸い込めば、このところ体内に澱んでいた何かが浄化されていく心地がし、気持ちがいい。

傍らに立つ蓮治の存在も、雪子の気分を穏やかにしてくれた。

手水鉢で両手と口を清め、賽銭《さいせん》を入れて二拝二拍手一礼。

本来ならば雪子が願うべきは、最近の体調不良の改善だろう。しかし頭の中は隣にいる彼のことで一杯だった。他には何も考えられない。

神前で気もそぞろなのは到底褒められたことではないが、仕方ないと思う。何せ長年恋焦がれ続けた男と二人きりの時間を過ごせているのだ。冷静でいる方が難しい。どうしたってときめきが抑えきれなかった。

いくら年齢のわりにしっかりしていても、まだ雪子は十七になったばかりの乙女なのである。思考が恋心に支配されがちになるのを理性で抑え込むのは、生易しくなかった。

「……これで、雪子さんの不調もよくなりますよ」

「はい。ありがとうございます。私も今夜は絶対に大丈夫な気がしてきました」

先ほど道端で蓮治に声をかけられる前までの、どんよりとした心境とは段違いだ。かつてないほど晴れやかな気さえする。

あまりにも単純な自分自身に苦笑しつつ、雪子は彼と並んで歩いた。

「どうせなら、その自信をより確実なものにしましょう。御守りを贈らせてください」

「御守り……ですか？」

「はい。この神社のものは、案外可愛いですよ。女性に人気があるそうです」

何故そんなことを知っているのか――と雪子は疑問を抱かなくもなかったが、それよりも蓮治が自分に御守りを贈ってくれると言ったことの方が遥かに嬉しい。

頭も心もふわふわとして、夢見心地だ。悪夢と違い、永遠に覚めないでほしいと願わずにはいられない幸せな夢。

雪子は彼に連れられ、社務所に足を向けた。そこにはお札や御守り、絵馬に御御籤《おみくじ》などが並べられている。それらの中から、蓮治が白い御守りを手に取った。

「これなんて如何ですか？　雪子さんには混じりけのない白が似合う気がします。ああ、しかも健康祈願でちょうどいい」

「あ、え、じゃあそれで……あ、あのっ、自分で払います。先ほどレモネードを奢っていただいたばかりですし……！」

残りの金を集めれば、どうにか御守りくらいは買えるだろう。流石にそこまで彼に支払ってもらうのは心苦しい。あまりにも図々しく思えた。

それに、『白が似合う』と言ってもらえただけで充分だ。これ以上はドキドキしすぎて雪子の心臓が持たないのではないか。

「御守りを買うくらいでは、僕は破産しませんよ？」

「そういうことではなくて……！」

「すみません、この白いのと……あ、これも一緒にください」

財布を出そうと焦る雪子を尻目に、蓮治はさっさと御守りを買ってしまった。しかも二つ。そのうちの一つである白い方を、彼は雪子に差し出してきた。

「はいどうぞ。これで雪子さんの安眠は確約されました」

「え……あ、ありがとうございます……」

今更、絶対に金を払うと主張するのは野暮な気がした。せっかくの蓮治の好意を踏みにじることでもある。

一瞬迷ったものの、雪子は彼から御守りをありがたく受け取った。

「できれば肌身離さず身につけてくれると嬉しいな。もっとも、仕事中は難しいですね」

「いいえ！　必ず毎日身につけます。眠るときには枕の下に入れるようにします……！」

「ははっ、そこまで大事にしてもらえたら、御守りも本望ですね。雪子さんは信心深い」

――いいえ、違います。ちっとも信心深くなんてありません。蓮治さんがくれたものだから……特別なだけです……

どんな高価な贈り物でも、この御守りには敵わない。仮に大金を積むから譲ってくれと誰かに乞われても、雪子は迷うことなく断るだろう。

それだけ他とは代えがたいものだった。

「本当にありがとうございます……大事にします」

「ではお揃いですね。こちらの赤い方は、僕が身につけることにします。紅白で縁起がいい」

柄が同じでも色違いの御守りを掲げ、彼は双眸を細めた。

お揃いという甘い響きに、雪子の鼓動が激しくなる。それだけではない。この神社で扱われている御守りは色ごとに意味が違うらしい。

白は健康祈願。そして赤は恋愛成就だった。

――どういう意味？　蓮治さんは単純に好きな色を選んだだけ……？

先ほども雪子には白が似合うからと、内容はよく見ていなかったようである。ならば赤を選んだことにも深い意図はないのかもしれない。ただの偶然。

理由を探そうとする方が、考えすぎだ。

――それに恋愛成就だと自覚していたとしても、他に想う人がいるのかもしれないじゃない……ああでもだったら、私と『お揃い』なんて言うかしら……？

ぐるぐる色々なことを考えて、頭が沸騰《ふっとう》しそうだ。いくら一人で思い悩んでも、彼の考えていることなど雪子に分かるわけもない。

けれどごく自然で気負った様子はまるでない蓮治を見ていると、やはり全ては自分の空回りなのだろうと思うしかなかった。

「今夜は良い夢が見られるといいですね」

「は、はい……きっと、大丈夫だと思います」

医者に処方してもらった薬よりも、この御守りの方が効き目が強い気がした。

――それとも、興奮して逆に眠れなかったりして……

胸が疼いて仕方ない。雪子は疲れ切っていたはずの全身に気力が漲《みなぎ》るのを感じた。

階段を降りる脚も軽い。繁る樹々の間を通る風にすら甘味を覚えるほど、自分でも浮かれているのが明白だった。

――今日の休みを交換してくれた美津には感謝しなくちゃ。そうだ。蓮治さんからもらった金平糖……まだもったいなくて食べていないけれど、少しだけ美津にも分けてあげようかな。

あの金平糖は、独り占めするつもりはなくても、減ってしまうのが惜しくて大事にそのままとってある。

帰ったら、彼女と一緒に食べようと思った。何せ今の雪子の手には、決して減らない御守りがあるのだ。多少気が大きくなるのも当然だった。

「――雪子さん、僕は店舗の方に寄っていきます」

「あ、はい。今日は色々ありがとうございました」

仕事に戻る蓮治とは井澤邸の前で分かれ、雪子は使用人用の裏口から一人敷地内に入った。そのまま女中部屋に向かう。

今日はもうゆっくり過ごし、身体を休めよう。

いくら気持ちが浮き立っていても、長い睡眠不足と気苦労で肉体的には疲れている。休息が必要なことに変わりはなかった。

いっそ今からでも横になってしまおうかと思いつつ、雪子が離れの庭を横切ろうとしたとき。

「――あら、貴女……」

抑揚の乏しい陰鬱な声に呼び止められた。

「お、奥様……っ？」

井澤家の女主人である久子が離れの近くをうろついていることは珍しい。仮に女中に何か用があっても、母屋へ呼びつければすむことだ。しかも最近は部屋に引きこもりがちで、姿を見せれば誰かれかまわず怒鳴り散らすことがほとんどだった。

そのため、雪子も警戒して背筋が伸びる。

「……出かけていたの？」

「あ、あの……、休日でしたので……」

「ふぅん、そう……」

久子のどこか茫洋とした定まらない視点が、空中をフラフラとさまよった。いつの間にか目立つようになった白髪のせいか、以前よりぐっと老けて見える。化粧気のない顔は、乾いて艶がなくなっていた。

彼女はやはり女中の休日を把握しているわけではないらしく、雪子が今日休んでいたことに対して特に何も言わない。だが立ち去るわけでもなく佇んでいるから、雪子も動くことができなかった。

「奥様……？」

「……どうして、まだいるの？」

「え？」

それは普通に解釈すれば、いつまでこの場にいるのかという意味だ。一人にしてほしいと言われたのかと思い、雪子は狼狽した。

――奥様は、誰にも会いたくなくて、こんな裏庭へいらしたのかしら……？

だとしたら、今の雪子は邪魔者だろう。

申し訳なくなり、慌てて頭を下げた。

「失礼いたしました。すぐに立ち去りますので……」

「何で、まだ貴女はいるのよ……っ」

しかし踵を返そうとした刹那《せつな》、思いの外すばやい動きで雪子は左手首を握られた。

「えっ」

「ねぇ、どうして？　おかしいでしょう。どうして貴女がここにいるの」

「お、奥様、いったい何のお話ですか？」

小刻みに揺れる久子の黒目が気味悪く、雪子は思わず半歩後退った。しかし摑まれた手首はびくともしない。むしろ女の力とは思えぬほど強く握り締められ、痛みに呻いた。

「い、痛いです……奥様……」

「答えなさいよ。何故なの？　もうそろそろいなくならなきゃ変でしょう？」

グイグイと手を引かれ、雪子の身体が揺さ振られた。手入れを怠っていたのか、彼女の伸びた爪が肌に食い込んでくる。正面からかち合ってしまった視線は、正気を失いかけた人間のものだった。

「ひ……っ」

「せっかく、全て準備したのに！　まさか失敗したの……っ？」

「落ち着いてください……っ！」

久子は我が子を亡くして不安定になってはいたが、今日は特に酷い。言動が支離滅裂で、雪子には対応しかねた。けれど周囲に助けを求めようにも、この時間ふらついている者などいない。

使用人は全員、母屋か店舗で働いている時間帯だ。

静まり返った離れの庭で、雪子に救いの手を差し伸べてくれる存在はいなかった。

「正直に答えなさいよぉ！」

「奥様、やめ……っ、落ち着いてください……！」

強引に髪を引っ張られ、数本千切れたかもしれない。きっちりと結い上げておいた雪子の髪が乱れ、バラバラと肩に落ちる。眼の付近を引っ掻《か》かれそうになり、思わず悲鳴を上げた。

「だ、誰か……！」

「――何をしている！　久子、落ち着かないか！」

「だ、旦那様……」

二人を引き剥がしてくれたのは、井澤家当主である松之助だった。久子は、夫の腕の中で未だ暴れている。

「だってあの娘が……！　もういるはずがないのに……！」

「……大丈夫だ、何も問題ない。最初から想定の範囲内だ。だから暴れるのをやめないか」

「嘘よぉ！　あれから何日経ったと思っているの」

「すぐに結果は出ないと教えただろう。予定ではあと一週間はかかるはずだ」

何の話か雪子にはまるで分からないが、松之助の言葉に納得したのか、久子はめちゃくちゃに動かしていた四肢から次第に力を抜いた。眼差しは相変わらずどんよりと焦点が合っていないものの、全身からくったりと力を抜く。

「あの……旦那様……？」

「……騒がせたな。お前ももう行きなさい。久子は私が連れていく」

「ですが……」

「いいから行けと言っているだろう！」

雪子は久子の様子がかなり尋常ではなかったので、手を貸すか人を呼ぶか、または医者の手配をした方がいいのではと思い迷ったのだが、強い語調で叱られてしまった。

それどころか追い払うように手を振られ、引き下がるより他にない。

あまりの剣幕で怒鳴られたものだから、雪子は逃げるように主夫妻へ背を向けることしかできなかった。

――あんな言い方、しなくてもいいのに……

いったい自分の何が悪かったのだろう。

常軌を逸した久子の態度は、我が子を亡くした心労のせいに間違いない。けれどそれにしては、雪子にぶつけられた言葉の数々が意味不明だった。

――理由なんて、特にないのかな……たまたま私があの場に出くわしてしまっただけで……

せっかく蓮治のおかげで気持ちが上向いていたのに、冷や水を浴びせられた気分になった。しかし彼らの苦しみや悲しみを思えば、こちらが我慢せざるを得ない。そもそも、主に使用人が逆らうなど以ての外。

雪子は蓮治にもらった御守りを抱き締めて、釈然としない思いを振り払った。

――きっと全部、時間が解決してくれる……

そのとき、これまでよりずっと近くで、鈴の音が響いた気がした。

第三章　夜更けの秘め事

寒い。

何か羽織ってくればよかったと思いながら、雪子はできる限り小さく丸まった。

春から初夏に向かうこの季節、急に気温が下がることがある。しかし雪子が今身を震わせているのは、気候のせいばかりではなかった。

薄い掛布団一枚では、納戸に入り込む隙間風を防ぎきれない。

食欲不振で痩せてしまったこともあり、肉の薄い身体には吹き込む冷気が酷く堪えた。

それだけではなく、いささか風邪気味のためか、先ほどから悪寒が止まらない。

雪子は雑多に物が積まれた納戸の片隅で、小さく身を縮めた。

登和に『いい加減にしろ』と女中部屋を叩き出されたのはつい先ほど。

連日連夜、雪子が悪夢に魘《うな》され、ここ最近は真夜中に大きな悲鳴を上げることも増えたから、苛立った彼女に部屋を追い出されたのだ。

巡り合わせが悪かったとしか言えない。この日の昼間、久子に理不尽な暴力を振るわれたせいで登和の精神状態はギリギリだったらしい。

そこへきて今夜も雪子に安眠を妨害され、我慢の限界に達したようだ。

取り付く島もなく激昂されて、取りなそうとする美津まで部屋を追い出されそうになり、雪子は仕方なく掛布団一枚を持って納戸で眠ることにしたのだ。

しかしろくな掃除をしていないせいで埃《ほこり》っぽくてたまらない。脚を伸ばして横になれる隙間もなく、中途半端な姿勢で丸まることしかできなかった。

これではいつも以上に眠気が遠ざかり、しかも寒気に襲われて体調がどんどん悪化している。

診療所に行き、蓮治と束の間の穏やかで幸せな時間を過ごした日から五日。

雪子の病状は更に深刻なものになっていた。

今では昼も夜もなく、『何か』に追われる恐怖に怯《おび》えている。眠っているのか起きているのか曖昧になり、現実感はますます希薄になった。

以前なら夢の隙間を縫うように僅かながら取れていた睡眠も、現在ではまったく取れない。

休まらない身体と精神のせいで、全てがぼろぼろになっていた。

――登和さんと美津には謝らなきゃいけないのに……駄目、頭がぼんやりして何も考えられないよ……

寒いのに、熱い。

先ほどから震えが止まらないが、雪子の全身は汗ばんでいた。もはや動く気力もなく、薄汚れた納戸でぐったりと眼を閉じる。

――せっかく蓮治さんから御守りをいただいたのに……

これさえあればもう大丈夫と、薬も飲んで自信満々で眠りについたけれど、結果は惨憺たるものだった。

雪子を嘲笑《あざわら》うかの如く、五日間の間で悪夢の頻度《ひんど》と密度が増した。

しかも一度囚われれば、美津や登和がいくら雪子を起こそうとしても、一切目覚めなくなるらしい。そして魘され続けた結果、真夜中に大絶叫されるのでは、同室で休む者にとって、たまったものではないだろう。

登和が怒るのも当然である。

雪子は胸元に忍ばせた白い御守りをそっと取り出した。

安眠に効果はなかったけれど、これが宝物であることに変わりはない。ましてこんな心細い夜は、雪子を大いに励ましてくれた。

――蓮治さんに会いたいな……

あれ以来彼には会っていない。いくら同じ井澤家に仕えていても、仕事内容が違えば数日顔を合わせないことは珍しくなかった。

しかも男女の使用人が親しく交流することを主人は好まないので、よほどの用がなければ普通はかち合わないのだ。

今や昼間ぼうっとしてまったく使い物にならない雪子は、『風邪』と称し昨日から休みをもらっている。

てっきり休暇など久子が許さないものと思っていたのに、妙にあっさりと許可してくれたので、拍子抜けしたくらいだ。

――本当に風邪なら、こうして横になっていれば治るはずなのに……

身体の怠さは日々重くなるばかり。頭の芯が痺れ、思考力は鈍麻《どんま》していた。

――昔高熱を出したときも、ここまで酷くはなかったのにな……

異常に喉が渇くのは、体調不良のせいなのか。雪子は何度も体勢を変えた後、のろのろと起き上がった。

どうしても水が飲みたい。汗をかきすぎたのと、納戸の中が埃っぽいことが相まって、我慢できなかった。

ふらつく身体を引きずって、炊事場に向かう。誰もいない真夜中であるのをいいことに、雪子はほとんど這って廊下を進んだ。立ちあがると吐き気が増して、余計に辛くなるからだ。

明かりの一切ない廊下は、とても気味が悪い。

雪子はできるだけ暗がりを見ないよう気をつけつつ、重い身体を動かした。

――私は今、眠っている……？　それとも起きている？　夢と現実の境目がどんどんなくなっていく……。

意識が遠退き始め、幻聴が聞こえた。

あれは鈴の音。以前よりずっと明瞭に聞こえるようになった澄んだ鈴の音が、雪子のすぐ背後で響いた。りん、りん、と激しく、執拗《しつよう》に。

――ああ……『あれ』に捕まってしまう……どうしてこんなことになったの……。

怖くて逃げたい。けれどもう動けない。

さながら、このまま氷漬けにされるよう。己の身体が末端から少しずつ凍結されていく幻影まで見える。

意識が混濁《こんだく》した雪子は右腕を前に伸ばしたまま、下りてくる瞼に抗えなかった。

床にはとぐろを巻く漆黒の渦。身体ごと、呑み込まれる。一度沈んでしまえば、二度と浮上することは叶わないだろう。

何もかも諦めた涙が頬を伝う。凍えた指先は、ピクリとも動かなかった。

――寒い。全身凍ってしまいそう……蓮治さん……。

このままなす術もなく堕《お》ちていく。そう諦念に喰《く》らい尽くされかけた雪子は、不意に自分を包み込んでくれる温かいものを感じた。

大きくて、少し硬い。けれど柔らかさもある温もり。すっぽりと包み込まれる安堵感が全身に広がった。

——……気持ちがいい……

凍りついていた瞼が震える。ゆっくり眼を開けば、そこは先ほどまで自分がいた薄汚れた納戸の中だった。

「……え?」

だが、硬い床に転がっているわけではない。

何かに抱き締められている。寄りかかった胸板の感触と匂いには、覚えがあった。

「……蓮治、さん?」

「ああ、よかった……意識が戻りましたか? 雪子さん、廊下で倒れていたんですよ。女中部屋に連れて行こうとしたら、この納戸に運んでくれと言って眠ってしまうし……どうしたものか、悩んでいたんです」

「私……眠っていたんですか?」

「ええ。声をかけてもまるで起きなくて、ぐっすりと。不眠は改善したみたいですね」

そう言われ、少なからず驚いた。

廊下で意識を失ったことはぼんやりと覚えている。しかしその後、悪夢は見なかったからだ。つまり雪子は、ほんの短い時間とは言え、きちんと眠れたということではないか。

そのおかげか、異常なほどかいていた汗が引き、震えは治まっていた。

「これ、水です。飲んでください。うわごとで何度も水と口にしていたので、きっと飲みたいだろうと思って汲んでおきました」

差し出されたのは、湯飲みに注がれた水。猛烈に喉が渇いていた雪子は、ありがたくそれを受け取って一気に飲み干した。

「……蓮治さんはどうしてここに……？」

ようやく一息つけたことで、遅ればせながら頭が働き出す。何故ここに彼がいるのか、疑問を覚えた。

女中部屋を追い出された雪子が納戸で眠ろうと決め、転がり込んだのは先ほどのこと。自分がこんな場所で休んでいることを知っている者は、誰もいないはずだ。

それなのに雪子は、狭い納戸の中、壁に背中を預け座った蓮治に抱えられる形で脱力している。いったいどんな経緯で、現在の事態に陥《おちい》っているのだろう。

「水を飲もうと思って炊事場に行こうとしたら、途中で雪子さんが倒れているのを見つけたんです。随分寒そうにしていたので、ひとまず温めた方がいいと思って……雪子さんこそ、こんな時間に何があったのですか」

こちらを案じてくれている彼に、事の次第を説明するのは躊躇われた。また余計な心配をかけてしまうのは、本意ではない。

だがずっと独りぼっちで悩み、心細くて救いを求めていた雪子は、沈黙を貫くことなどできなかった。数瞬迷った末、話し出す。

「――……実はあれからも不眠は改善していなくて……眠れないだけならよかったのですけど……夜中に大きな声を出してしまい、同室の方に迷惑をかけて他の部屋で休むことにしました……」

そこまで打ち明け、言い淀む。流石に『悪夢を見るのが怖い』なんて言えば、呆れられてしまうかもしれないと不安になったためだ。

神経質でおかしな女だとも思われたくない。雪子が口ごもっていると、蓮治が密着したまま優しく頭を撫でてくれた。

考えてみれば、二人とも寝間着一枚で、とても無防備な格好だ。それなのに狭苦しい密室の中、べったりと身を寄せている。

裾がはだけた雪子の脚には彼の脛《すね》が当たり、硬い毛の感触が生々しく、汗を吸った浴衣越しの他者の体温は、とても艶《なま》めかしいものだった。

――しかも私、さっき胸元から御守りを出し入れしたせいで、だらしなく着崩れてしまっている……！

いつもより乱れた胸元から、白い肌が覗いていた。窓がない納戸では、壁の隙間から忍び込む月光しか光源がない。けれどすっかり暗闇に慣れた雪子の眼には、物の輪郭は勿論、生白い自分の肌の色、それに蓮治の顔もはっきり認識できた。

「あ……」

急激に恥ずかしくなってくる。

これではまるで淫らな密会現場だ。誰かに目撃されれば、あっという間におかしな噂が広まってしまうに違いない。それほど、言い訳ができない状況だった。

「雪子さん……？」

「あ、あの……っ、悪夢を……っ、変な夢を繰り返し見るせいでほとんど一睡もできないんです……！」

「悪夢を？」

「は、はい。何かに追いかけられて捕まってしまいそうな……それから足元で闇が渦巻いていたり……鈴の音が聞こえたり……とにかく、もしもそれに囚われたら、大変なことになる予感がするんです」

雪子は淫猥な夢想をしかけたことを隠すため、つい正直に話してしまった。しかも一度口をついてしまえば、もう止まらない。

これまで誰にも打ち明けられなかった分、一気に口が滑らかになった。

「鈴の音が聞こえる気がするのも何だか気味が悪くて……気のせいだと思いますが、段々接近してくるような……それも夢だけではなく現実を侵食してくるみたいで、恐ろしくて仕方ありません……っ」

一息に捲《まく》し立てて、雪子は蓮治の腕の中でぶるりと身を竦ませた。

再び悪寒に襲われそうになったが、彼と触れ合っている場所は温かい。そのおかげで僅かに冷静さを取り戻すことができた。

「こ、こんな話……蓮治さんにはとても信じられないでしょうし変に思うかもしれませんが、本当なんです」

どうか馬鹿げた話だと振り払わないでほしい。

雪子は誰に嘲笑われても平気だが、彼にだけは嫌な印象を抱かれたくなかった。

もしも頭がおかしい女だと思われるくらいなら、いっそ悪夢に憑《と》り殺された方がいい。

それほどの強い思いで、雪子は蓮治の胴に思い切り抱きついた。

「お願いします、私を信じて……っ」

「――……疑いませんよ。雪子さんが徒《いたずら》に騒ぎ立てる人でも、根拠のないことを言いふらす人でないことも、よく知っていますから」

「え……」

想像よりもあっさりと受け入れられ、雪子は瞠目した。

もっと色々言葉を尽くさなければ、絶対に信用してもらえないと思っていた。

不眠症なら病の一つとして扱ってもらえても、夢見がどうこうなんて完全に本人にしか分からないし、気のせいと言われればそれまでのことだからだ。

精神的な脆さ故と突き放される可能性だって高い。

それなのに彼は、至極当たり前のように雪子の言葉を丸ごと信じてくれた。

妙なものを見る眼差しも向けてこない。むしろ心底こちらを案じてくれている優しい眼で、雪子の背中を摩ってくれた。

「辛かったですね。そうとは知らず、先日は雪子さんを連れ回してすみませんでした。せっかくの休日、ゆっくりしたかったでしょうに……」

「い、いいえっ、とてもいい気分転換になりました。あの一日があったから、まだ頑張れると私は思ったんです……っ！」

雪子の言葉に嘘はない。本当に心の底からそう思った。

医者の薬より何より、蓮治との時間が勇気をくれ気力を回復させてくれたのだ。

ただ、悪夢の方が雪子の精神力よりも厄介だっただけで。

「本当に？　だったら僕も救われます」

「勿論です！　あの、これを見てください。私、いただいた御守りをこうして肌身離さず身につけています」

「ゆ、雪子さん……っ」

雪子が胸元から白い御守りを取り出し誇らしげに掲げると、何故か彼は頰を赤らめて視線を逸らした。

暗がりでも、これだけ密着していれば顔色は窺える。

「あの、少し……はだけていますよ」

「え？」

顔を背けた蓮治が雪子の顔の下を指し示したが、最初は何のことだかさっぱり分からなかった。しかし彼の指を辿り視線を落として、雪子は顔どころか全身を真っ赤に染めた。

浴衣の袷が大きく乱れ、胸の谷間が露出している。

「あ……っ！」

乳房の赤い頂までは見えていないものの、それでもかなり際どいところまで開いてしまった衿ぐりを、雪子は大慌てで搔き合わせた。

もともと自分の肌は白い方だが、日に焼けていない部分は特に新雪めいた白さである。墨を刷いた宵闇の中、その白さは鮮烈でいやに艶めかしかった。

「す、すみません……お見苦しいものを……」

「とんでもない。僕こそ……すみませんでした」

僅かに身じろいだ蓮治が、雪子からほんのりと距離を取った。空いた空間が寂しい。

雪子は深く考えることなく、彼の背中に手を回した。

離れたくないという本能からの欲求に抗いたくなかったせいだ。

「雪子さん」

「ごめんなさい、蓮治さん。でも、こうしているとすごくホッとするんです。さっきまで寒いのに汗が止まらなくて……でも蓮治さんとくっついていると、全身が緊張から解放され、安心できる……」

彼の体温が、今の雪子にはちょうどよかった。少し硬い胸板や腕の感触も、まるで極上の羽根布団だ。蓮治と密着していれば、不思議と悪夢は近寄って来られない気がした。

「でも……この近さは、ちょっとまずいです」

蓮治に肩を押し返されそうになり、雪子は彼の身体に回した腕により力を込めてしがみついた。

「や……っ、お願いします。もう少しだけこのまま……っ」

「部屋に戻った方が、きちんと休めますよ」

「帰れません。登和さんがまだ怒っています……だから……」

先輩女中を理由に挙《あ》げたのは、言い訳だと自分でも分かっている。

本当は、蓮治と離れたくなかったことが、何より一番の理由だ。

いつもならちゃんと己を律し、これ以上踏み込んではいけないと一線を引ける雪子だが、今夜は心も身体も限界で難しかった。

幼い頃から両親に甘えられなかったことも相まって、我が儘な自分が顔を出す。何故なら彼だけが、唯一自分を甘やかしてくれる人。気持ちの赴くままぶつかっても、受け止めてくれるただ一人の相手。

どうにも気持ちが乱れたままでは、取り繕うのは不可能だった。

「お願い、蓮治さん……っ、今夜だけでも……っ！」

思い切り縋りついて、彼の胸に額を擦りつけたまま頭を振る。そのせいで、蓮治の胸元も大きく乱れた。

彼の香りが雪子の鼻腔に広がる。安堵と興奮を呼ぶ香りに、いっそう頭の芯が痺れた。

「――雪子さん、ご自分の言っている意味が分かっていますか。……僕も男ですよ」

それまでの、雪子を窘め落ち着かせようとする声音とはがらりと変わった男の声が降ってきて、雪子は蓮治の胸に顔を埋めたまま固まった。

それは頼れるお兄さんでも、仕事のできる同僚でもない。

一人の男性が、眼前にいた。

「……蓮治、さん……？」

「こんなふうにされたら、とても冷静ではいられない。ましてここには、僕らの他には誰もいない……雪子さんを助けてくれる者はいませんよ」

雪子を救ってくれるのは、他ならぬ彼自身だ。蓮治が自分を傷つけるわけがない。いつだって彼は、雪子の窮地に現れ、颯爽と助けてくれる特別な人なのだから。

蓮治の言わんとしていることがよく呑み込めず、雪子は数度瞬いた。

今夜、こうして一緒にいてほしいと願うのは、そんなに悪いことだっただろうか。けれど雪子を振り解いて立ちあがろうとしないということは、彼も立ち去りがたいのではないか。少なくとも迷っている。

だとすれば、もう少し強く押せば蓮治がこの場に留まってくれると雪子には思えた。

「……一緒にいてくれませんか……？　蓮治さんは私のことが嫌いですか？」

潤んだ瞳で見上げれば、彼の喉仏が上下した。

熱く滾った男の双眸に見下ろされる。そこに揺らぐ焔は、雪子にも見覚えがあるものだった。

劣情と欲望が燃えている。

かつて総一郎からも向けられた視線。けれど似て非なるものだ。

――だって、こうして見られても、私が抱く印象がまるで違う……

あのときはただひたすらに悍ましかっただけ。虫が肌を這うかのような気色悪さばかりがあった。けれど今は。

蓮治から向けられる渇望に、雪子の内側が妖《あや》しく騒《ざわ》めき、奇妙な疼きが全身へ広がっていった。

彼の興味を惹けていることが、単純に嬉しい。女として見られている喜びに、身体中が歓喜している。もっと見つめてほしくて、雪子は震える吐息を漏らした。

「私は……蓮治さんと一緒にいたいです……」

「だから、僕は貴女が思っているほど、聖人君子ではありませんよ……っ」

誘惑の方法なんて知らない。男性をその気にさせる手管も持っていない。それでも、愛しい人に触れたい触れられたい欲求に従って、雪子は自ら乳房を蓮治に押しつけた。

「私を嫌っていないのなら……」

疎《うと》まれていなければ、それだけでいい。多くは望まない。

彼が近くにいてくれると、雪子は呼吸が楽になる気がした。ドキドキとして胸は苦しくても、泥の中で溺れかけていたのを引き上げてもらった心地になる。

今も同じ。

もがけばもがくほど沈んでいきそうだった深淵から、救ってもらえた。

もはや自分の力だけでは解決できない、医者に診てもらっても改善されなかった悪夢と不眠が、ほんの一瞬でも忘れられたのだから。

――――思い返してみれば、井戸の傍で蓮治さんに声をかけられたときもそうだった。美津や登和さんが私をいくら起こそうとしてもなかなか眼が覚めないのに、蓮治さんが相手だと、すぐに悪夢を打ち破ってもらえる……

理由は分からない。けれど答えはいつだって一つのところに行きつくのみ。

――私にとって、特別な人だから……

彼が好きだ。妹としか見てもらえなくても。恋愛事を忌避《きひ》されていても。

どんなに封じ込め諦めようとしても忘れられない。雪子にとっては蓮治の代わりなどどこにもいなかった。

だとしたら、今夜の好機を逃せるはずがない。

今このときなら、彼は雪子を意識してくれている。女として見られているのは、蓮治の朱に染まった目尻や乱れた呼気、逸《そ》らされたままの視線からも明らかだった。

壁に寄りかかっているせいで仰《の》け反《ぞ》れないものの、少しでも雪子から離れようとしているのか、身体が強張っている。

その腕が、胸が、腹や太腿《ふともも》も、全てが熱い。

特に雪子の身体を挟むようにして伸ばされていた両脚の付け根が、驚くほどの熱源になっていた。

彼の浴衣を内側から押し上げる何かに、雪子の眼は吸い寄せられる。

幼い弟たちの裸は見慣れていても、成人男性の裸体など眼にしたことはない。その変化も初めて直面するものだ。だが、十七年間も生きてきて、流石に何も知らないわけではなかった。

「……っ、離れてください。雪子さん……」

官能的な掠れた声を漏らされ、雪子の内部がずくりと疼いた。

意識を失う前に感じていた喉の渇きとはまったく違う感覚が、じりじりと身の内を焦がす。

羞恥を堪えるようにも、欲情を抑え込もうとしているようにも見える蓮治の姿に、経験したことのない昂りが駆け抜けた。

「い、嫌です」

「我が儘を言わないで。いくら僕でも、怒りますよ」

「蓮治さんが怒ったら、どうなるんですか……？」

怒ったところを見てみたい――そんなことを言ったら、おかしいだろうか。しかしいつだって誰に対しても温和で公平な彼が、自分のせいで激するなら、とても素敵なことのように感じた。

感情を乱してほしい。理性では制御しきれない何かを、自分にぶつけてくれたらいい。

蓮治が相手であれば、それがどんな種類のものでも喜びに変換される確信がある。

雪子はいっそう真剣に彼を見上げた。

「……怒られてもいいです。傍にいてくださるなら……貴方《あなた》が隣にいてくれるときだけ、私は嫌なことも辛いことも全部忘れられます……悪夢も、遠退いてくれるんです」

　これまで知らなかっただけで、自分は狡い女なのだろう。

　優しい蓮治が、雪子を見捨てるのは難しいと分かっている。この状況で懇願する自分を振り払えるほど、彼は冷酷ではないと重々計算しているのだから。

　蓮治が激しく葛藤していることを承知の上で、雪子は彼に身をすり寄せた。その際、硬いものが雪子の腹に当たる。

　それ自体は偶然。意図したことではない。

　だが直後に雪子を押しやろうとした蓮治に抱きついたのは、明らかに自分の意思でしたことだった。

「嫌……っ！」

「……っ、雪子さん、僕が怒るとそれはもう怖いですよ？」

「かまいません。どうか怒って……私を叱ってください。蓮治さんにになら……何をされてもいいんです」

「どうして、そういうことを……っ」

　懸命に冷静さを保とうとしていた彼の声音が、明らかに変わった。

　鼓膜を震わせる甘美な囁きに、雪子の頭も理性も何もかもが蕩《とろ》かされていく。鼓動が煩《うるさ》いほど疾走していた。

駆け巡る血潮《ちしお》の音で、くらくらする。のぼせたような感覚は、けれどとても気持ちがいいものだった。

雪子の肩に置かれていた蓮治の手が、ゆっくりとこちらの腕を滑り落ちる。もう片方の手は、雪子の腰に添えられた。

「……っ」

ゾクゾクと愉悦が込み上げる。彼の掌が汗ばんでいることが、薄い布越しに伝わってきた。

今夜は決して蒸し暑い夜ではない。だが狭い納戸の中に二人分の体温がこもるせいか、小部屋の中は奇妙に室温が上がっていた。

埃臭さは、もはや微塵も気にならない。そんなことよりも、密室での愛しい男との戯れが鮮烈すぎて、他に何も考えられなかった。

「雪子さんは僕を安眠用の枕か何かだと思っていますか？　だからこんなに無防備に、誤解を招くことが言えるんでしょう」

彼が思っているほど、自分は無垢でも無知でもない。もっとずっと薄汚く、計算高い。だが正直に告げることは躊躇われた。

その上、ただ蓮治に身体の線を辿られているだけなのに、どうしようもなく淫《みだ》らな声が漏れそうになる。それを抑えるために唇を引き結び、雪子は何も言えなくなった。

「――でも僕はつけ込みますよ。これでも普通の男です。……誘ったのは、貴女の方だ」

苛烈な眼差しに射貫かれて、刹那の間、呼吸を忘れた。

剝き出しの男の情欲に、酔いそうになる。頷いたのか、ただの反射だったのか判然としないまま、雪子は微かに顎《あご》を引いた。

「……ぁっ」

腰を掻き抱かれたせいで背がしなり、かつてないほど彼と全身が密着した。意識がない間に寄りかかっていたときとはまるで違う。

互いに強く求め合って相手の肢体に腕を回した。

薄布越しの体温がもどかしい。同時に酷く艶《なま》めかしい。汗を吸って肌に張りついた浴衣は、絡みつくように雪子の全身を戒めていた。

いっそ脱いでしまいたいと不快感に眉を顰めると、急く手つきで帯を緩められる。圧迫感のなくなった腹が解放され、甘い吐息がこぼれた。

「……は……」

「……御守りは、ここに置いておきますね」

雪子の胸元から落ちかけた白い御守りは、蓮治の手で傍らに置かれた。

神様の加護をかなぐり捨てて、恋人でもない男性と淫らな遊戯に耽《ふけ》っている。その罪深さ故に、自分はいつか天罰を受けるのかもしれない。

けれどもう後戻りはできない。したくなかった。

壁の隙間から忍び込む微かな月明かりだけを頼りに、雪子は彼の鎖骨付近に触れる。その手を横に滑らせて男物の浴衣を肩から落とした。

蓮治は一言も発しない。ただし雪子の手を止めることも、諌《いさ》めることもしなかった。じっと、底光りする眼差しで見つめてくるだけ。

あまりにも真剣な双眸は瞬きすらせず、雪子から一瞬たりとも逸らされることはなかった。

心臓が痛いほど脈打つ。頭が破裂してしまいそう。

雪子の指先は震え、彼の胸に触れたときには、病を患ったのかと心配になるほど激しく戦慄いていた。

「……擽ったいですよ」

着崩れた浴衣を中途半端に纏ったまま向かい合い、滾る息を吐き出す。

壁に寄りかかり座った蓮治の両脚の間で、雪子は膝立ちになっていた。帯は解かれ、床に落ちている。そのせいで羽織っただけの浴衣が辛うじて雪子の身体を隠してくれた。

彼の方は帯こそ緩めていないものの、諸肌《もろはだ》を脱いだ状態。しかも蓮治の楔《くさび》は、明らかに欲望を訴えていた。

ドッドッと心音がますます大きく暴れている。

どこか挑発的な彼の眼に促され、雪子は膝で蓮治ににじり寄った。だが、これ以上どうすればいいのかは分からない。

具体的な色事の知識はないも同然。精々が蓮治の上半身を撫で摩ることだけ。それ以上のことは何も思い浮かばなかった。

「……雪子さん、僕の忍耐力を試していますか？　でしたら、後悔させますよ」

「ち、違います。あのでも私……」

彼からも触れてほしい。そんなことを口にしたら、淫乱な女だと軽蔑されてしまうかもしれない。

惑う雪子は何度も指先を迷わせた。正解が見つからず頭がぐちゃぐちゃになってしまう。蓮治に迷惑をかけたいのでも、困らせたいのでもないが、己の願いを諦めることもできなかった。

これで終わりにはしたくない。今夜の勇気をもう一度振り絞ることは不可能だ。

混乱し、雪子が手を引っ込めようとした刹那、すばやく彼に手首を摑まれた。

「今更、逃げられるとでも？」

雄《おす》の双眸に女の下腹が疼いた。

取られた手首を引き寄せられ、そのまま手の甲をべろりと舐められる。それどころか雪子の指は、一本ずつ順番に蓮治の舌に嬲《なぶ》られた。

「あ……っ」

熱く滑る口内の感触。唾液に塗れる己の指先。窄められた唇に挟まれ、軽く歯を立てられて、雪子の腰が抜けた。

すとんと床に尻が落ち、正座の姿勢になる。

視線は囚われたまま。一瞬も逸らせない。瞬きすらできない。呼吸も忘れて、淫靡《いんび》な光景に釘付けになった。

生温かくていやらしい。

ただ手首から先を舐められただけなのに、何故こんなにも妙な気分になるのだろう。逃げたい衝動に駆られるものの、雪子の脚はまるで力が入らなかった。動けずに眼前の男に見入るのみ。

狂おしい酩酊感《めいていかん》で全身が粟立った。

「蓮治、さん……」

どうにか絞り出した声は、明らかに淫らに掠れていた。

発情した女の媚が含まれていて、雪子自身が一番驚く。自分からこんな卑猥な声が漏れ出るとは、思ってもいなかった。動揺し息を吸い込めば、今度は喉奥で嬌声《きょうせい》が生まれる。

「ん……っ」

「……何となく、雪子さんは名前のせいか体温が低い気がしていたのですが、今は燃えるように熱いですね」

「そ、れは……、蓮治さんが私に触れているから……っ、あっ」

おそらく、自分はどちらかと言えば冷え性だ。しかし今は体内が燃え上がりそうになっていた。いや、肌も爪や両目すら、発火しそうになっている。

彼が辿ったところが全部、どこもかしこも尋常ではなく火照《ほて》っていた。それこそ、本来なら熱を発するはずがない髪の毛一本までが、どうにもならないほど滾って仕方ない。

潤《うる》む瞳を瞬いて、雪子がか細く言葉を紡げば、蓮治の口の端が僅かに綻《ほころ》んだ。

「僕が触れると、雪子さんは昂るんですか？　いやらしいな……」

嘲笑とは違う微笑《びしょう》に、雪子の胸がずくりと高鳴った。細められた眼差しは優しいお兄さんのものではない。紛れもなく一人の見知らぬ男だった。

それでも雪子が微塵も怖いと感じないのは、相手が彼だからだ。焦がれ続けた人が興奮してくれている様を眼にして、雪子自身も煽《あお》られる。

「蓮治さんは？　熱くないですか？」

触れ合っているのだから、彼の肌も熱を帯びているのは分かっていた。だからこの質問は、意趣返しに他ならない。

雪子が上目遣いで蓮治を見つめると、彼は自嘲を滲ませた後、肩を竦ませた。

「もうずっと、燃えそうなくらい熱くてたまらないですよ……分かりませんか？」

ほんの少し蓮治が腰を蠢かしたせいで、雪子は彼の股座《またぐら》にある異物の存在を生々しく感じた。

手を引かれ、再び蓮治に寄りかかる体勢になる。前のめりになった雪子の身体は、四つん這いに近い形になった。ただし両手は彼の胸についている。ぐっと腰を引き寄せられ、胸同士が密着した。

布地を押し上げる棒状のものが雪子の脚に擦れる。しかも浴衣の裾を割って直接肌に。そのたびに名状《めいじょう》しがたい感慨に襲われた。

「雪子さん、眼を閉じて」

柔らかな命令に抗えない。瞼を下ろせば、本当に漆黒の闇になる。

視覚を閉ざされた反動か、雪子の他の感覚が鋭敏になった。

聴覚は微かな衣擦れの音を拾い、嗅覚が蓮治の体臭を堪能する。触覚はより生々しくなり、指先が得る情報だけで彼の形をまざまざと脳裏に描くことができた。

そして味覚では――――生まれて初めての接吻《せっぷん》の味を教えられる。

「……‥ん、ぁ」

初めは唇が軽く触れただけ。しかし啄む口づけに雪子が陶然としていると、瞬く間に深く貪《むさぼ》られた。

舌を絡め、歯列をなぞられる。上顎を舌先で擽られると、おかしな声が漏れてしまう。粘膜を擦り合わせ、混ざり合った唾液を嚥下《えんげ》すれば、さながら度の強い酒を過ごしたかのように胃の腑《ふ》がカッと燃え上がった。

同時に雪子を掻き抱く彼の腕の力が増す。

今や蓮治の片手は雪子の後頭部に添えられ、少しも逃げられないほど力強く拘束されていた。

初めての口吸いで息が苦しい。呼吸する隙間が見つけられない。喘ごうとして大きく唇を開けば、尚更深く口づけられた。

荒々しい舌に追い詰められ、雪子は息も絶え絶えになる。つい苦しさから頭を振ると、より彼の劣情を刺激したらしかった。

「……鼻で息をしなさい。ほら、もっと舌を出して」

いつにない有無を言わせぬ口調に流される。いや、雪子自身が蓮治に従いたがっていた。言われるがまま舌を伸ばせば、酷く淫猥な水音を奏《かな》でて搦《から》め取られる。瞼は健気《けなげ》にも下ろしたまま。

「……可愛いな」

従順な雪子の様子に満足したのか、彼が低く笑った。

「……えっ」

言われた言葉に驚いて、雪子はつい瞠目した。視界の中、思いの外至近距離に蓮治がいる。真正面から眼が合って、彼が意地悪く唇で弧を描いた。

「僕は眼を開けていいと許可した覚えはありませんよ？」

実際のところは、蓮治もずっと命令が有効だと思ってはいなかったはずだ。だからこれは戯《たわむ》れに等しい言いがかり。それでも妙な強制力となって、雪子の官能を呼び覚ました。

「ご、ごめんなさ……」

「謝罪は言葉ではなく態度で示してください。雪子さんは、僕に叱られたいんでしょう？　だったら、どうしますか？　まさか素直に眼を閉じるだけではありませんよね」

あまりにも卑猥な連想をさせる声音に、なけなしの理性は脆くも崩れ去った。

瞼が、上手く動かせない。

指先まで麻痺してしまったかの如く、どこも雪子の意のままになってくれなかった。

再び握られた手の行方を見守るだけ。また舐められてしまうのかと雪子が期待に打ち震えていると、何故か彼の口元ではなく下へと誘導された。

「……っ、や……っ？」

導かれた先は、蓮治の脚の付け根。浴衣を下から押し上げるものへ、雪子の手が重ねられた。

「嫌なんて、酷いな。……雪子さんのせいでこうなったのに」

硬く立ちあがったそれは、ドクドクと脈打っていた。しかも彼の肌と同じで、熱く滾っている。生々しく卑猥な造形が掌から伝わり、雪子は激しく狼狽した。

「れ、蓮治さん……っ」

「ねぇ、雪子さん。僕ももっと貴女に触れていいですか？」

「もっと……？」

「はい。こんなふうに、普段なら絶対誰にも見せないし触らせない場所を。それであいこです」

煮え滾った頭には、彼の言わんとすることの半分も理解できなかった。雪子が分かったのは、蓮治に触れてもらえるという事実だけ。それなら、拒絶するわけがない。

こくりと頷いて、渇望も露な瞳が潤む。濡れた眼差しは僅かな光を受け、艶めかしく暗闇で煌《きら》めいた。

「……いい子ですね」

肩に引っかかっていただけの浴衣を彼に落とされ、雪子は生まれたままの姿になった。下着は身につけていない。雪子の真っ白な肢体が、漆黒の夜の中、淡く発光していた。

「……綺麗ですね」

「み、見ないでください」

「雪子さんの方が先に僕を剥いたのに？」

「あ、あれは……っ、上半身だけです」

下半身はそのままだ。考えてみればあいこではなく不公平ではないか。とは言え、こちらから蓮治を脱がせるなんて、到底無理な話だった。

「僕が脱ぐのは、また今度にしましょう。こんな場所で、雪子さんの初めてを奪うつもりはありません」

まるで睦言《むつごと》めいた言い回しに、思考が痺れる。

いっそ根こそぎ奪ってほしいのに、大事にされている錯覚が心地よくもあった。

もしもこれが一時の欲に流されただけの火遊びなら、彼は雪子を気遣ってなどくれないだろう。欲望のまま手を出せばいい。何せ本人がかまわないと同意しているのだ。遊び相手としてなら、我ながらこんな好条件はそうそうないと思う。

「おいで」

こちらに向かい広げられた手に吸い寄せられる。まるで催眠術にかかったよう。

にじり寄った雪子は、胡坐《あぐら》をかいた蓮治の脚の上に抱え上げられた。双方同じ方向を向いて、背中には彼の胸板を感じる。そして雪子の尻に押しつけられる剛直は、先ほどよりも大きくなっている気がした。

「あ、あの……」

「前に言ったでしょう？　身体が疲れていると、眠りやすいって……しかも僕が傍にいれば悪夢が遠退いて安眠できるなら、手伝いますよ」

「きゃ……っ」

平均的な大きさの乳房を背後から掬い上げられ、雪子は消え入りそうな悲鳴を上げた。今更ではあるものの、大声を出せば誰か起こしてしまうかもしれない。

この納戸は離れにあり、女中部屋からも男性使用人たちの居室からもやや離れているけれど、眠りが浅い者がいれば聞こえる恐れはあった。まして今は草木も眠る丑三つ時。静寂に支配された世界では、人の話し声は殊《こと》の外《ほか》響くものだ。

「……静かに、雪子さん。――そう、それでいいです」

自らの口を手で塞いだ雪子のつむじに、蓮治の唇が落ちてきた。

だが先端が尖《とが》り始めた双丘《そうきゅう》を弄る彼の手が、外されることはない。しっかりと胸を鷲掴《わしづか》みにしたまま、ゆったり揉《も》み解された。

「……ふ、んん……ッ」

「本当は、貴女のいやらしい声を聴きたいんですが……残念です」

「んぁっ」

きゅっと両の頂を摘まれ、噛み殺そうとした声が漏れる。自分で触れても何も感じないそこが、驚くほど鋭敏になっていた。

蓮治の手が蠢《うごめ》くたび、指先に翻弄される都度、雪子の中に初めての官能が溜まっていく。

それは折り重なって蓄積され、どんどん火力を増していった。

「乳首が硬くなってきました。気持ちいいですか？」

そんな淫らな質問に返事をできるわけがない。雪子が答えずにいると、彼は乳頭を弄る指に力を込めた。

「ぁ、ゃぁ……っ」

痛みと快楽が拮抗する。甘美な痛苦に雪子は髪を振り乱した。

「ん、んん……っ」

口を押さえた手は外さずに、悲鳴とも呻きとも言えない声を堪えた。ひょっとしたら嬌声だったのかもしれない。

性的な触れ合いが初めてだから、自分が今感じているものが快感か別のものかも判然とせず、混乱ばかりが大きくなる。

涙目で身を捩《よじ》ると、今度は宥《なだ》めるような優しい手つきで、色づいた胸の飾りを撫で回された。

「ふぁ……っ」

「ここを誰か……他の男に触れさせたことは？」

一瞬答えるのを迷ったものの、雪子は口を塞いでいた手を緩めた。

「あ、ありませ……っ、あ、でも弟なら……」

「それは、数に入れないことにしましょう。――総一郎様も雪子さんの肌には触れていませんね？」

嫉妬《しっと》しているのかと誤解する棘のある声に、雪子の子宮がずくずくと刺激された。

つい蓮治の胡坐の上で身じろげば、反り返った屹立《きつりつ》が柔らかな女の尻を押し返す。その質量に、雪子の頬がかぁっと熱を上げた。

「さ、触らせていません……っ、総一郎様でも他の誰かでも、絶対に嫌です。私はちゃんと操を守りました……！」

「ああ、分かっています。雪子さんを責めるつもりは毛頭ありません。馬鹿な男の戯言《ざれごと》だと聞き流してください。――存分に知っていて尚、確かめずにはいられない愚かで狭小《きょうしょう》な男の寝言です」

「あ……っ」

乳房を弄っていた彼の片手が、腹から臍《へそ》を辿り、下へ降りていく。その先にあるのは、淡い繁み。そして自分ですらろくに触れたことがない秘められた場所だった。

「脚、開けますか？」

選択肢は幾つかある。このまま膝を緩めず首を左右に振ること。立ちあがって浴衣を羽織り、納戸を飛び出してもいい。これで終わりだと雪子が宣言すれば、蓮治が無理強いするとは考えられなかった。

どちらにしても決めるのは雪子の方。

だが雪子が選んだのは、おずおずと踵を左右に滑らせることだった。

ゆっくり離れていく己の立てた膝。白い脚が暗がりで開かれていく。鼠径部《そけいぶ》に空気の流れを感じ、雪子の胸の間を珠《たま》の汗が伝った。

「……もっと」

「……っ」

耳元に注がれる劇薬めいた美声が、雪子の脳を焦げつかせる。

忙しく呼吸を繰り返したせいで、大きく肩が跳ねた。

見下ろせば、摑まれた己の右乳房が卑猥に形を変えている。彼の人差し指と中指の間から飛び出した頂《いただき》は、酷く淫蕩《いんとう》な色に染まっていた。

「で、でも……」

「強引にするのは好きじゃない。僕が見たいのは嫌がる雪子さんではなく、僕の手で気持ちよさそうに乱れる貴女だ」

耳朶を齧《かじ》られながら言われ、雪子の常識や慎みは完全に壊された。

蓮治がくれる甘い毒を飲み干すことしか考えられなくなる。涙の膜が張った視界に捉えられるのは、ふしだらに脚を開いた自分の姿だけ。

向かい合っていないため、彼が今どんな表情でいるのかが窺い知れない。けれども蓮治の声と雪子の身体を弄る手に急かされた。

「雪子さん、これは安眠を得るために必要なことですよ」

そんなものは雪子が作り出した建前だ。本音は、ただ蓮治と共にいたかっただけ。触れてもらえる理由があれば、何だってかまわなかった。

だがもうそんな説明を並べ立てる余裕はない。

奇妙な理に支配された狭い納戸と言う箱の中、雪子は大胆に開脚した。

彼の指先が、焦らす速度でゆっくり下りていく。淡い下生えを掠めただけで、得も言われぬ法悦《ほうえつ》と掻痒感《そうようかん》を呼んだ。

「……っふ」

「しぃ……静かに。誰か起こしてしまうかもしれない」

散々しゃべっておいて、今になって声を咎めるのは、おそらくわざとだ。その証拠に、蓮治は雪子の耳穴へ舌を捻じ込んできた。本気で声を我慢させるつもりなら、そんなことはしないだろう。

「んっ……、ぁ、っく……」

直接注ぎ込まれる濡れた音に、背筋が戦慄く。

耳の中がこんなにも敏感だなんて知らなかった。ねっとりと舌先が蠢くたび、艶声が溢れそうになる。直に響く水音が淫猥で、雪子の目尻に涙が滲んだ。

嫌悪感からではない。ひたすらに気持ちよくて、あちこちがだらしなくなってしまったらしい。しかし相反するようにあらゆる五感が感度を増す。

彼の呼気がうなじを湿らせ、首筋に舌を這わせられているのが分かった。

「は、ぅ……っ」

雪子の不浄の場所へ到達した蓮治の指先が妖しく蠢く。ピッタリと閉じたままの淫裂を上下になぞり、蜜口でくるりと丸く円を描いた。それだけでヒクヒクと内腿が引き攣れる。

「……雪子さんらしい、慎ましい入り口だ。清楚《せいそ》で、小振りなのも可愛い」

褒められたのは、恥ずかしい場所。だが同時に雪子自身を『可愛い』と言ってもらえた心地になれた。

何度も彼の指に秘裂を往復されるうちに、ムズムズとしたものが下腹で膨らんでいく。体内で何かが蕩ける感覚もある。

分からないなりに、雪子は淫靡な息を漏らした。

「ぁ、あ……」

「少し、蜜が滲んできました」

「み、つ……？」

最初に頭に浮かんだのは、同い年で友人の女中の名前。しかしすぐに彼女のことではないと思い至った。

雪子の陰唇をじっくり撫で摩っていた彼の指先の滑りが変わる。乾いた肌に触れられていた感触が、いつしか湿り気を帯びたものに変化した。

「んぁ……っ」

「は、恥ずかし……っ」

「雪子さんの身体が、悦《よろこ》んでいる証明です」

「恥ずかしくありません。むしろ僕は嬉しい。だからもっと感じてください」

ずっと肉のあわいを擦っていただけの蓮治の指が、花弁の内側に潜り込んだ。泥濘《ぬかるみ》を探られる違和感に、雪子は身を強張らせる。

だが耳の下から首筋に向け舌で線を描かれ、硬くなっていた身体が綻んだ。

「痛いことはしません。雪子さんがよく眠れるようおまじないをかけるだけです。安心して僕に身を任せてください。僕を信じて」

疑ったこと自体、初めからない。

出会った当初から、この人は信頼のおける人だと子供心にも分かった。

だから彼が言うなら、大丈夫だろう。そもそも仮に痛い思いをさせられても、雪子はかまわないのだ。

蓮治がくれるものなら、何でもいい。記憶は、痛みを伴うものほど忘れにくいと言う。

それならば、傷を刻まれたとしても彼からの贈り物だと考えれば、喜びでしかなかった。

「れ、蓮治さんなら、酷くされても平気です……っ」

上手く回らない口で、必死に告げる。

想いが大きすぎて、言葉にしきれない。この恋心を伝えるのに、雪子の語彙力《ごいりょく》ではとても足りなかった。

「――これ以上、煽らないでもらえますか。僕の我慢にも限度がある」

「我慢しなくても……っ、ん、ふぁ」

雪子はやや苦しい体勢で横を向かせられ、唇を喰らわれた。

舌を啜り上げられて、喜悦《きえつ》が生まれる。眼を白黒させている間に、彼の指先が蜜路に沈められた。

「ん、ぅ……っ」

僅か指一本でも、何物も受け入れたことがない隘路《あいろ》には、異物感が凄まじい。

無垢な肉壁が引き攣れるような痛みもある。けれど粘膜がたっぷりと潤っているおかげか、最初に感じた違和感はすぐに霧散していった。

「……雪子さんの中は、熱くうねっていますね。ここに入ったら、さぞかし極楽を味わえるでしょう……っ」

「あ、あ……っ、れ、蓮治……さん……っ」

「……っ、雪子さん、すみませんが今名前を呼ばれるのはまずいです……っ」

掠れた声で彼が呻くように言う。蓮治が大きく深呼吸したのが、密着した背中から伝わってきた。それも二度三度と、繰り返している。まるで自分を落ち着かせ、込み上げる衝動をやりすごすかのように。

「アあっ」

内壁を掻《か》かれ、雪子の四肢がひくついた。仰け反った拍子に彼の胸板の逞しさを感じ、蓮治の汗の匂いを嗅ぎ取った。

くちくちと微かな水音が聞こえる。

音源が自分の下肢であることが信じられない。常軌を逸しているほど卑猥だ。それなのに羞恥を糧《かて》にして、雪子の快楽は瞬く間に大きくなった。

「……ぁ、アあッ……や、蓮治さん……、んぁアッ」

「呼ばないでほしいと言っているのに……雪子さんは意外に頑固なところがありますね」

「ひ、ぁああっ」

肉洞の浅いところを出入りしていた指先が移動し、上部にある淫芽を捉えた。そこは神経が集中する場所。女の弱点とも言うべき花芯を、彼の蜜に塗《まみ》れた指が容赦なく転がした。

「やぁ……それ、駄目です……っ」

「雪子さんも僕の言いつけを聞かないでしょう？　だからやめてあげません」

「んぁあッ、ぁ、や、変になる……っ」

ぬちぬちと淫らな音が掻き鳴らされる。先ほどより水音が大きくなっているのは、それだけ雪子の中から愛蜜が溢れたせいなのか。

たまらず髪を振り乱して快楽を逃そうとすれば、肉芽を擦る指が二本に増やされた。

「ひぁ……っ」

摘ままれ、摩られ、押し潰される。

それらのどの動きも愉悦になった。

荒くなった蓮治の呼気に炙られた首筋も、揉まれたままの片胸も、弄られる花弁も。

何もかもが快感を生みだした。雪子が身を捩るたびにゴリゴリと尻肉に当たる昂りからも淫悦が刻まれる。

生まれて初めて味わう性的な快楽は、激しすぎて雪子に処理できなかった。

「ひ……っ、ぁあぁあっ、駄目……蓮治さん、も、もう……んぁ、嫌ぁっ……！」

目尻から涙が溢れ、身悶えた。

気持ちがいい。けれど怖い。

彼の姿が視認できないせいもある。抱き締められていても、どこか寂しかった。

けれど追い立てられるように喜悦の水位は際限なく上がる。微かな物悲しさを置き去りにして、身体は勝手に熱を上げた。

「……んぁ、や、変……、何かきちゃう……っ」

「変じゃありませんよ。己を解放すれば、もっとよくなる」

これ以上は無理だ。

本当におかしくなってしまう。そう断りたくても、雪子の口は役立たずだった。だらしなく半開きになった唇からは、淫蕩な声しか出ない。後は呑み込めなかった唾液だけ。

蓮治の指技に悦んで、上下で涎を垂らしている。

あまりにも淫らすぎる己の姿を、冷静に顧《かえり》みることもできなかった。

「蓮治さ……っ、ぁ、待って、お願い……っ、ん、ぁアッ」

「……っ、雪子さんのこんないやらしい面を知っているのは、僕だけですよね？」

「あ、当たり前……っ、ふ、ぁああッ」

肉芽を押し潰されながら淫路を指に犯され、雪子の悦楽が飽和した。

眼前が白に染まり、何もかもが遠ざかる。音も聞こえない世界で、手足を痙攣《けいれん》させた。

大きく喘いだ拍子に、胸いっぱいに香りを嗅ぐ。彼の匂いで身体の内も外も染め上げられる妄想に、歓喜が弾けた。

「ん……ぁあああッ」

白魚の如く跳ねた雪子の身体は、背後からきつく蓮治に抱き竦められた。逃がさないと言葉より雄弁に告げる腕の強さに、酔いしれる。

「……ぁ、あ……蓮、治……さん……」

意識が高みに放り出されるのと共に、雪子は穏やかな眠りの中へ転がり落ちていった。


「――本当にごめんね、雪子。私がどうかしていたわ」

情けなく眉を下げた登和が、深々と頭を垂れた。

雪子が女中部屋を追い出された翌日。彼女は一夜明けて冷静になったらしく、しおしおと謝ってきた。

登和は起きてすぐ、仕事に取り掛かる前に雪子を探してくれ、こちらが顔を洗っていたところに話しかけてきたのだ。

「昼間奥様に叩かれて苛々していた上、夜中に起こされて……感情的になったわ。部屋から追い出すなんてどう考えても私がやりすぎだった。ごめんね、許してくれる？」

基本的に善良な人なので、一晩経って怒りは完全に鎮《しず》まったのだろう。すると勢いに任せた真夜中の己の所業が恥ずかしくなったようだ。

「気にしないでください。私なら大丈夫です」

「あんなに激昂して意地の悪い真似をするなんて、自分が信じられないわ。ね、雪子……貴女、昨晩はどこで夜を明かしたの？」

「あ……それは」

脳裏に夕べのことがまざまざとよみがえる。

閉ざされた狭い空間で、蓮治と淫靡な戯れに耽ったことが。冷たい水で顔を洗ったばかりなのに、雪子は頬と言わず全身が火照る心地がした。

「は、離れの納戸で休みました」

真っ赤に上気した頬を見られたくなくて、さりげなく顔を逸らす。だが雪子のそんな様子には気がつかなかったのか、登和は驚いた声を出した。

「え、納戸っ？　あんな狭くて汚い場所で？　……雪子、本当にごめんね。今夜からは今まで通り部屋で眠って」

「あ、そのことなのですが……私、しばらく納戸で寝起きしようと思っています。片せばどうにか横になれる場所を作れましたし」

後は掃除と換気をすれば、そう悪くない場所だと思える。

今朝、雪子が目覚めたときにはもう、蓮治の姿は消えていた。おそらく、夜明け間際に自分の部屋へ戻ったのだろう。しかし残された温もりが、直前まで傍にいてくれたことを教えてくれた。

しかも脱ぎ捨てた雪子の浴衣はきっちりと直されており、色々な体液に塗れたはずの身体に、不快感はなかった。

つまり彼が後始末をしてくれたに違いない。その上納戸の中は軽く整理され、重い荷物や大きな箱が移動されて、整然と積み上げられていたのだ。そのため雪子はゆっくり脚を伸ばし、布団に包まれた状態で朝を迎えることができた。

目覚めは爽快。

もう何日も感じたことがない清々しい朝に、雪子自身が驚いてしまったくらいだ。それだけ、深く良質な眠りを得られたのだろう。

長らく頭の芯に居座っていた重苦しい痛みや、全身の倦怠感もすっきりなくなった。まさに、目覚めとはこうあるべきという素晴らしさだ。

おかげで今朝はきちんと頭も働く。この調子なら、仕事に戻っても差し支えはない。

「何を言っているのよ、雪子。もう貴女を部屋から追い出したりしないわ。それとも、私のしたことが許せなくて怒っているの……？」

「違います。登和さんに腹を立てたりしていません。だって、誰でも気持ちがささくれるときはありますもの。そんなときに寝不足気味だと、苛立って当たり前です。私だって不眠が続いて、いつもの私ではなくなっていましたし……」

この数日の記憶は、正直なところ曖昧だ。

昼夜関係なく、夢現《ゆめうつつ》だった。どこまでが夢でどこからが現実なのか、自分でも分からなくなり、辛くて仕方なかった。

とばっちりを受けた形の登和にしてみれば、さぞや面白くなく大変だっただろう。むしろよく何日も我慢してくれたと礼を言いたい気分だった。

「だったら、戻ってきなさいよ。納戸で寝起きなんて、身体を壊してしまうわ」

「いえ、それが……とてもよく眠れたんです。もしかしたら、今の私にはあの狭さと暗さがちょうどよかったのかもしれません。だからしばらくは納戸で眠ろうと思います」

「ええ？　――確かに、今朝の雪子は顔色がいいし表情も明るいけど……不眠が改善されたなら、余計に部屋で休んだ方がいいんじゃないの？」

悪夢を見ずに寝入れたのは紛れもない真実だ。しかし病が完全に治ったわけではないと思う。

きっと女中部屋に戻れば、同じことを繰り返す予感が雪子にはあった。

また悪夢に囚われて、同室の登和と美津に迷惑をかけてしまうに違いない。

何故なら、あそこには蓮治がいない。

彼が一緒にいるときだけ、安眠できる。――それが、雪子の出した結論だった。

「もう少し、様子を見ます。それでよくなったと確信できたら、部屋に戻ります。だから心配しないでください」

雪子はぺこりと頭を下げ、明るい笑顔を作った。

不調になる前の、溌溂《はつらつ》とした雪子の様子に安堵したのか、登和もそれ以上『女中部屋に戻ってこい』とは言わず、渋々納得してくれた。

「……分かったわ。でも、もしも私に気を遣っているなら、本当に必要ないからね？」

「はい。今日から仕事に戻りますので、今まで通りよろしくお願いいたします。――あ、ただ、旦那様と奥様には私が納戸を勝手に使っていることを秘密にしてくださいますか？貴重なものは蔵に納めているとは思いますが、変に疑われても嫌なので……」

「ああ、それは勿論よ。どうせあの納戸にはガラクタしか置いていないし、私だって後輩を追い出した鬼だとは誰にも思われたくないわ！」

登和が笑ってくれたことで、この話は一応決着がついた。

「それでは、今日もよろしくお願いします」

これで全てが元通りになればいい。総一郎が亡くなる前の、普通の生活に。

ただし一つだけ大きく変わり、日常から逸脱したことがある。

それは夜遅くにひっそりと行われる秘め事。

井澤家の誰も知らない。主夫妻も、使用人たちも。関わっているのは雪子と蓮治だけ。

彼と秘密を共有している事実に気分が高揚する。

雪子は一日の仕事を終え、夜二十二時過ぎに女中部屋ではなく納戸へ向かった。

昼間、登和の好意で時間を作ってもらえ、掃除と換気はすませてある。もう埃っぽさや黴臭さはない。蜘蛛の巣も取り払った。

数日寝起きする程度なら、何も問題はない環境。

静まり返った廊下を進み、念のため板戸を開く前に周囲を見回した。誰もいないことを確認し、横に引き戸を開く。

照明はない。だが中で人の動く気配がし、雪子は相好を崩した。

「蓮治さん……！」

「しぃ、静かに、雪子さん。まだ誰かが起きていてもおかしくない刻限です」

「あ、ご、ごめんなさい」

今朝雪子が眼を覚ましたときには、彼は立ち去った後だった。しかし置かれた白い御守りの下に、手紙が残されていたのだ。

書かれていたのは短い文章。

――『雪子さんがぐっすり寝っているので、僕は戻ります。今夜もここで』――

それだけで、これからも蓮治が雪子に付き合ってくれるのだと察せられた。

同情や体のいい欲の発散だとしてもいい。

そんな些末《さまつ》なことよりも、彼があんな痴態《ちたい》を晒《さら》した雪子に呆れて、距離を置かないでくれたことが嬉しかった。

「ほ、本当に来てくださったんですね……」

「ええ。僕は一人部屋をいただいているので、人目を気にする必要もありませんし、仕事を終えてすぐ、ここに来ました。掃除や片付けをしようと考えていたのですけど、もう雪子さんが終わらせてくださったんですね。流石、仕事が速い」

「と、登和さんが時間を作ってくださって……それに、自分のためですから当然です」

他人のためではなく、他ならぬ雪子自身の問題だ。

彼の手をこれ以上煩わせずにすんでよかったと、心の底から安堵した。

――本当に、登和さんには感謝だわ。あの人が今日、納戸を掃除する時間を都合してくれなかったら、蓮治さんに全部やらせてしまうところだったもの……

「――今日、身体は大丈夫ですか？」

「え、はい。これまでのことが嘘みたいに全身が軽くて元気です。睡眠って、本当に大事なものなのですね。私、嘗《な》めていました」

雪子を案じてくれる彼の気遣いが温かい。胸がポカポカして、自然と満面の笑みになった。こんなに幸せで、やや不安になるほど。

鬱々としていた数日間が、今ではもう思い出せなかった。

「それなら、よかった。僕のしたことは無駄じゃありませんでしたか」

「無駄なんて、そんな……私はとても救われました。蓮治さんの助けがなかったら、きっと今も眠れずにフラフラだったと思います」

彼の善意につけ込んでいる自覚はある。真面目な蓮治にとって、恋人でもない相手と成り行きであんなことをしたのは、忘れたい過去かもしれない。

けれど、なかったことにはしたくなかった。蓮治に続けてくれるつもりがあるのなら、雪子に固辞する理由は微塵もない。

狡い女であることは承知。それでもせっかく得た奇跡のような好機を、むざむざ見過ごせない。卑怯であるのも呑み込んで、勇気を出すと決めたのだ。

「そう言っていただくと、ホッとしました。——雪子さん」

床に腰を下ろした彼が両腕を広げた。

二人の間で明確な約束を交わしたわけではなく、ただ『今夜もここで』と書き残されていただけだ。

だが秘密の逢引きが淫らな意味を持つことは、説明されずとも分かっていた。勿論、雪子自身期待をしていた。

迷わず蓮治の胸に身を預け、背中に回される腕の感触に陶然とする。

男性の力強く逞しい身体に包まれると、安心した。守られている心地になるからかもしれない。

けれどその相手が異性であれば誰でもいいわけではないことも、雪子には分かっていた。

——蓮治さんだから……

遊ばれても、慰めにすぎなくても、かまわない。

嫁入り前の娘が、言葉で思慕や将来の約束を告げてくれない相手に身を任せるのは、褒められたことではないだろう。場合によっては、ふしだらな女として雪子だけが責められる。

それでもいいと飛び込んだのは、自分の意思。

この甘く満たされる時間はかけがえのないもの。他のことでは絶対に代わりにはならない。だとしたら後で痛い目に遭っても、後悔はないと思えた。

「……蓮治さんに抱き締められると、心も身体も解れていきます……」

「今朝、僕が部屋に戻った後も、悪夢は見ませんでしたか？」

「はい。一度も。昼間も居眠りすることなく、鈴の音だって聞こえませんでした」

全ては寝不足からくる弊害なのだから、よく眠れさえすれば万事解決する。

とは言え、それらは彼が雪子の傍にいてくれるかどうかにかかっていた。

髪を撫でられ、漏れ出た吐息は既に濡れている。

潤んだ瞳で蓮治を見上げ、雪子は幼い誘惑を視線にのせた。

暗闇の中、まるで互いの形を確かめるように相手の身体を弄り合う。夢中で伸ばした手で、雪子は彼の髪を乱した。

柔らかく、指通りがよくて気持ちがいい。猫の子を撫でるような満足感がある。だから何度も指先を遊ばせ、絡め、楽しんだ。

「……雪子さん、擽ったいです。それに髪がぐちゃぐちゃだ」

「ご、ごめんなさい……でも、その……お詫びに私の髪も好きにしていいですよ……？」

「そんな誘い文句、いつの間に覚えたんですか？」

苦笑した男の双眸に、劣情の灯《ともしび》が揺らぐ。その色に魅入られ、雪子はこくりと息を呑んだ。

束の間の沈黙は気まずいものではない。互いの反応を窺い、どちらから手を伸ばすか見定めようとしているだけだ。

それが分かるくらい蓮治と通じ合えていることが、雪子は嬉しかった。

「……心配しなくても、雪子さんの純潔を奪ったりしませんよ」

しかし雪子が口を噤んでいたのをどう解釈したのか、彼が見当外れなことを言う。昨晩も同じことを告げられた。だが『こんな場所では』という意味が強かった気がする。その真意を知りたくて、雪子はじっと蓮治の瞳を見つめた。

——いっそ丸ごと奪ってほしいのに……

生娘のくせに大胆なことを願い、ままならなさに切なくなる。

人は一度欲望が満たされると、更に貪欲になるものらしい。

もはや雪子は妹のように可愛がられているだけでは、満足できなくなっていた。

一人の女として見られたい。情欲の対象として扱ってほしい。もう、一人で厠へ行かれず、泣いていた幼子ではないのだ。

座ったまま自ら伸びあがり、雪子は彼に口づけた。

唇を触れ合わせただけの接吻は、昨夜の淫らなめくるめく経験とは比べようもないほど拙《つたな》い。言ってみれば、子供の戯れ。

けれど懸命に啄み、食《は》み、舌先で擽った。全て彼が教えてくれたこと。

やがて蓮治の口が微かに開き、雪子の舌が中へ迎え入れられた。

「……っん……」

甘い愉悦に頭が溶ける。

うっとりと夢見心地で更に粘膜同士を擦り合わせた。

「……ぁ、ふ……っ」

暗闇の中、淫猥な水音が響く。昨日より雲が多いせいか、月明かりも控えめだった。

そのせいで、納戸に凝《こご》る闇が深い。

輪郭程度しか視認できない中、視覚以外の感覚が鋭敏になる。二人きりの秘密を共有している背徳感が、より強調された。

「あ……」

帯を解かれ、性急に肌を晒される。正面から抱き合っているため、膝立ちになった雪子の乳房が、彼の眼の前で淫靡に揺れた。

「……すっかり熟《う》れた色をしている」

「……ぁッ」

蓮治にぱくりと食まれ、口内で愛撫《あいぶ》される。ぬるつく舌が乳頭に絡みつき、器用に押し込んでくる。舐められていないもう片方の胸は、彼の手で揉みしだかれた。

「蓮治、さん……っ」

彼の髪が雪子の肌を悪戯《いたずら》に擽る。さわさわと表面を撫でられ、もどかしい。けれど自分の乳房にむしゃぶりつく愛しい男を見下ろすのは、存外悪くなかった。

むしろゾワゾワとした愉悦が雪子の体内で生まれる。思わず蓮治の頭を掻き抱くと、優しい仕草で軽く後ろに押された。

「や……」

「離れるわけではありません」

雪子の背中を支えている彼の手に促され、気づけば仰向けに寝かされていた。床には雪子の布団が敷いてある。

納戸の天井は低いものの、暗闇に沈んでまるで見えない。周りに色々な箱やら物やらが積み上げられているため、見上げた視界は酷く圧迫感があった。

けれどそんなことは微塵も気にならないほど、覆い被さってくる蓮治に眼が釘付けになる。

恋焦がれる男に雄の眼で見下ろされ、雪子の内側が収斂《しゅうれん》した。

「蓮治さん……」

「昨晩は雪子さんを床に横たわらせるには、流石に埃や汚れが酷すぎましたから」

――そんなことまで、考えていてくれたの……

彼は雪子の求めに応じてくれただけなのに、最大限気を遣ってくれていた。その上、蓮治自身は欲を発散していないのだ。

あくまでも雪子一人を快楽の絶頂に導いてくれたのみ。それでは、何も利益がないだろう。むしろ辛かったのではないか。

「あの……今夜は最後まで……」

「駄目です。目的は雪子さんが悪夢を見ず、よく眠れるようにすることですから」

だったら尚更、彼に抱かれたい。しかし馬鹿正直に言えるはずもなく、雪子は押し黙った。今の蓮治の言葉は、最後の一線を踏み越えることを、やんわり拒絶したのも同然だと感じたせいだ。

――私では、蓮治さんの特別な女性にはなれないの……？

裸を晒し、互いの肌に触れ、彼の身体には顕著な変化もあったのに、昨晩は最後まで繋がることはできなかった。

それは、雪子が途中で意識を手放したのも理由の一つかもしれない。けれど、それだけが原因ではないことは、分かっていた。

遮るものが何もないほど近くにいても、雪子は蓮治の内側まで触れられない。彼の一番脆く大事な場所には入り込めないのかと、悲しくなった。

届きそうで届かない、水面の月のよう。もしくは舞い散る桜の花弁。中空で摑むには儚《はかな》く、指先から逃げていく。

それでも、今夜はこうして一緒に過ごしてくれる。

望むものには到底届かないが、僅かな興味でも抱かれていないよりはマシだ。

雪子はもどかしい痛みを振り払うように、再び蓮治に口づけた。

彼の背中と頭に手を回し、強引に引き寄せて自らも首を擡《もた》げる。嚙みつくような接吻は、ものの見事に歯がぶつかってしまった。

痛みと衝撃に驚いて、慌てて離れる。見開いた視界の中、蓮治が口を押さえて苦笑していた。

「……っ、雪子さん、唇は大丈夫ですか？」

「……蓮治さんこそ。……すみませんでした……」

「謝る必要はありません。見せてください。――ああ、切れてはいませんね。よかった」

情けない。口吸い一つ、満足にできないとは。これではいつまで経っても子供扱いされるのも仕方ない気がした。

せめてもの救いは、彼も怪我はしていないらしく、楽しげに笑ってくれたことだけ。

「ふふ、大胆な雪子さんも悪くありませんが、僕は自分であれこれする方が好きなんですよ。その方が貴女の反応を楽しむことができるから……」

「え？」

自己嫌悪に襲われていた雪子を浮上させてくれたのは、蓮治が頬と額に落としてくれた接吻だ。ときめいている間に、それは流れる仕草で雪子の唇にも重ねられた。

「……っん」

「拙いままでかまいません。代わりに僕がします。貴女は思い切り気持ちよくなってくれれば、それだけでいいです」

「や……蓮治さんも、一緒に……！」

男性がその気になって、途中で立ち止まるのは難しいと噂で聞いたことがある。一度火がつくと、解放するまで理性も何もかなぐり捨ててしまうのだとか。

あれが本当なら、昨夜の彼は辛かったはずだ。雄々しく立ちあがっていた肉槍は、雪子の意識があるまで萎《な》えることはなかった。

もし、己で欲を解放するくらいなら、雪子で発散してほしい。そう願い見上げたのに、彼は微笑んだだけだった。

「――――それはいずれ」

「いずれって、いつですか……、ぁ、うっ」

上体を倒してきた蓮治に秘められた園を弄られ、昨晩の快楽が身の内に呼び覚まされた。あの怖いほどの悦楽の味を、雪子の身体は欠片も忘れていない。その証拠に、陰唇に触れられただけで、体内からとろりと蕩け出す愛蜜の感覚があった。

「あ……」

「よかった。雪子さんは僕の指を気に入ってくれたみたいだ」

「恥ずかしい……っ、こんなに自分がはしたないなんて……っ」

つい両手で顔を隠すと、優しいけれど容赦なく雪子の手は引き剝がされた。

「僕限定ではしたないのは、ちっとも恥ずかしいことじゃない」

だから全てを見せてほしい。そう囁かれ、泥濘に蓮治の指が沈められた。

「……ふ、ぁ……ッ」

蜜洞は熱く熟れ、彼の二本の指に絡みつく。大歓迎を示すかの如く、やわやわと蠢いているのが、雪子自身にも感じられた。

「僕の指がふやけてしまいそうです」

「やぁ……っ」

ぐいっと両脚を抱え上げられ、布団から腰が浮いた。開脚させられた中心に、焦げつきそうな視線が注がれる。それだけでも羞恥が弾けそうなのに、続いて起こった『あり得ない事態』に、雪子は刮目《かつもく》した。

「蓮治さん……っ？」

彼が雪子の股座に顔を寄せた。それだけではなく、赤い舌を伸ばしている。そのまま接近されれば、当然のように不浄の場所へ触れてしまう。考えられない光景に、雪子は慌てふためいた。

「駄目……っ！」

焦り身を起こそうとしたものの、叶わなかった。雪子の背筋を強烈な快楽が駆け抜ける。指で弄られたときも気持ちがよかったが、あれとは違う喜悦に爪先が丸まった。

花弁を舐められているのだと、頭が理解しても心が拒否した。

ましてこんなとんでもないことをされているのに、快感を得てしまっていることが信じられない。

「……っ、ぁ、ああッ」

舐められ、弾かれ、転がされる。

硬い感触は歯によるものか。ちゅうっと吸い上げられた瞬間、雪子は淫らな悲鳴を上げた。

「ぁあああ……っ」

強烈な刺激で指先まで痺れた。ぱちぱちと爆ぜる火花が眼前に舞う。気持ちがよすぎておかしくなりそう。でも止めてほしくない。

淫らで浅ましい願望がこぼれそうになり、さりとて声を堪えれば体内を愉悦が渦巻いた。逃せない快楽は大きくなる一方。

雪子は懸命に口を閉ざし、肢体をひくつかせた。

「肌を桃色に染めて……可愛いな、雪子さんは。どこまで声を我慢できるか、試してみましょうか？」

色香の滴る美声を注がれ、下腹部が甘く収斂《しゅうれん》する。甘美な苦痛は、常習性がある毒の味がした。

今夜の秘密の逢引きは始まったばかり――

第四章　契り

私生活が充実していると、何もかもが順調になるようだ。

雪子は晴れやかな気分で、洗濯物を干した。

天気は晴天。雲一つない澄んだ青空が、どこまでも続いている。爽やかな風が吹き抜け、洗濯物をはためかせた。見ていて気持ちのいい光景に、清々しい気分になる。

深呼吸すればいっそう気持ちがよくなり、雪子は思い切り伸びをした。

「ああ、いい天気。よく乾きそうで嬉しい。身体も絶好調だわ」

蓮治と納戸で眠るようになって以来、雪子は一度も悪夢を見なくなった。鈴の幻聴も聞こえない。つまり完全に以前と同じ日常を取り戻したのだ。

違うのは、未だ女中部屋に戻っていないことだけ。

――だって、本当に不眠症が治ったかどうかは、分からないものね……皆に迷惑をかけたくないし……！

言い訳であることは重々察していても、雪子はあえて眼を逸らした。

あの淫靡で幸せな時間をなくしたくない。今『何もかも元通り』になれば、彼は以前よりもっと雪子から遠ざかってしまう不安が拭えなかった。何故なら。

――結局蓮治さんは、一度も私を抱いてはくれない……

やはり『いずれ』は、口約束にすぎなかったのか。どんなに彼の楔が猛々《たけだけ》しく変化しても、蓮治は決して下穿《したば》きを緩めはしない。雪子だけを高みに押し上げ、後は夜明け近くまで一緒に眠ってくれるだけ。

それでも『同じ井澤家で働く使用人』の枠を越えられなかった頃と比べれば、夢のような関係だ。贅沢は言うまい――そう己を戒めた次の瞬間には、雪子は焦れるもどかしさを抑えられなくなるから厄介だった。

日々、恋しさと切なさが募る。

快楽と温もりを与えられて肉体は満足しているのに、欲求不満が膨らむのはどうしてだろう。埋められない虚ろが次第に大きくなっていく。

それでも朝の爽快な目覚めは、雪子の救いだった。

乱高下する想いにひとまず蓋をして、とりあえず眼の前の仕事を片付ける。洗濯の次は拭き掃除や厠掃除が待っているし、身体を動かしていれば、余計なことを考える時間もない。給金をもらう以上、しっかり働かねば。

——それに夜が更《ふ》ければ……また蓮治さんに会えるもの……

淫らな妄想に傾きかけ、雪子が慌てて頭を振ったとき。

「——雪子、ちょっと来い」

反射的に酷く驚いたのは、その声があまりにも総一郎に似ていたせいだ。さもありなん。親子であれば声も似ていて当たり前。

雪子を呼んだのは、井澤家の当主、松之助だった。

——び、吃驚した……総一郎様のはずがないのに……名前を呼ぶときの抑揚がそっくりだったから……一瞬、ゾッとしてしまった……

「は、はい。何でしょうか」

だが動揺は即座に押し隠し、雪子は彼に駆け寄った。女主人である久子に呼び止められることはあっても、松之助から声をかけられることは滅多にない。

しかもこんな時間、彼が物干し場に用事があるとも思えず首を傾げた。

——もしかして、私を探しに来たの……？

洗濯は雪子に割り当てられた仕事だ。毎朝だいたい同じ時間にこの辺りにいるので、声をかけるつもりなら簡単に見つかる。

しかしそれが松之助だということが、少し不思議な心地がした。

「あの……何かご用でしょうか」

「……最近、体調がいいようだな」

「え、はい……先日休ませていただき、もう大丈夫です」

彼が雪子の不調を把握していたとは夢にも思っていなかったので、かなり意外だった。もともと松之助は、あまり屋敷の使用人に興味がない。そういったことは久子の管轄であり、呉服店の従業員以外、名前すらろくに覚えていないのではないかと思っていた。

「――ついこの前まで、顔色が悪く虚ろだったのに、急に回復したのだな。……何かあったのか？」

「ご心配をおかけして、申し訳ありません。お医者様に診ていただいて、服用している薬が合っているみたいです」

嘘ではないが、真実でもない。

一応処方してもらった薬は今も飲んではいる。しかし明らかに、効き目は蓮治がくれる安眠の方が高かった。だがそれは秘密なので、雪子は笑ってごまかす。

「そうなのか？　あまり薬に頼るのはよくないぞ」

「はぁ……」

暗に『飲むな』と言われているようで、違和感を覚えた。雇用主としては、使用人が元気で健康の方が望ましいだろう。現在の雪子は、不眠に苦しんでいた頃よりもずっと明るく精力的に働いている。失敗も少ない。

危ない薬剤に手を出しているわけでもないのだから、どう考えても現状は改善されている。それなのにいかにも不満げに、松之助は鼻を鳴らした。

「──話が違う」

「え？」

「……もう洗濯は終わったのか？　だったら今日は部屋の片付けを頼みたい」

急に予想もしていなかったことを言われ、雪子の顔に戸惑いが浮かんだ。本当にらしくない。自分はもう何年も井澤家に勤めているが、家内のことに松之助が口出ししてくるのは初めてだった。

「私は今日、厠掃除の当番なのですが……」

「そんなことは他の者にやらせればいい。今日は総一郎の部屋を片付けてくれ」

「総一郎様の……？」

あの部屋の掃除は、一番長く勤めている女中の担当のはずだ。跡取り息子が亡くなってからも、定期的に清掃は行われているはず。わざわざ配置換えをして雪子にやらせる意味が分からなかった。

そもそもこれまで、雪子はあまり母屋の掃除を任されたことがないのだ。主人家族の居室は、慣れた女中が専任で行っていた。

「あの、どうしてでしょう」

「ぐずぐずするな。今すぐ取り掛からないか！　今日は他の仕事をする必要はない。分かったな？」

「は、はいっ、申し訳ありません。すぐに……！」

大きな声を出され、雪子は慌てて頭を下げた。もしや、久子だけでなく松之助も精神的に不安定なのかもしれない。だとしたら、逆らわない方がいいと思ったのだ。

洗濯籠などを大慌てで片付け、小走りで母屋に向かう。――だから、残された彼の呟きは雪子の耳には届かなかった。

「……そうすれば、縁が深くなる……」

爽やかだった風がやみ、空気が停滞する。どこからともなく果物の腐った臭いが漂う。

華奢な後姿を澱んだ瞳で見送った壮年の男は、歪《いびつ》な形に口の端を吊り上げた。

真っ青だった空に、遠くから黒々とした雨雲が広がり始めていた。


掃除をしろと言われたものの、総一郎の部屋は綺麗に片付けられていた。

むしろ生前より、整理整頓されていると思われる。本類は全て棚にきっちりと収められ、家具の上に埃は溜まっていない。畳《たたみ》にもごみ一つ落ちていなかった。

「特にすることは何もないみたい……」

しかし主の命令は絶対だ。仕方なく雪子は、どう見ても綺麗な室内を更に磨き上げることにした。

濡れ雑巾と乾いた雑巾を使い、全て隈なく拭いていく。押し入れの中もきっちりと。襖を全開にして、中の湿気も取り払った。

そうこうする間に、かなり時間が経っていたらしい。気づけば、間もなく昼餉の時間だ。食事の準備を含めた他の仕事はしなくてもいいと松之助に言われたものの、自分の昼食をとるのは流石に許されるだろう。まさか飯抜きとは言われまい。

しゃがみっぱなしで縮こまった身体を雪子が伸ばしていると、総一郎の部屋に訪れる人影があった。

「終わったの？　だったら、これを総一郎さんに供えてちょうだい」

「お、奥様。おはようございます」

「もう昼よ。おかしな子ね」

先日よりしっかりした口調と様子で、久子が立っていた。手には膳に盛られた米や酒、塩などがある。

彼女の足取りも目つきも、以前とは比べものにならないほどしゃんとしており、生気が感じられた。

――よかった……少しは落ち着かれたんだわ……

かつてのような華やかさはないものの、身なりに気を配る余裕が生まれたらしい。今日の彼女は、呉服商の妻に相応《ふさわ》しいきっちりとした佇まいだった。

「かしこまりました。あの、どこにお供えすれば……」

仏間だろうか。ならばわざわざこの部屋までは持ってこないだろう。

疑問に思いつつ、雪子は膳を受け取った。

「総一郎さんの部屋に神棚が備えてあるわ。あそこに置いてちょうだい」

「神棚？」

部屋中を掃除したけれど、まるで気がつかなかった。どこだろうと視線を巡らせると、何と出入り口の上にある。襖の上、天井付近につり棚が設けられ、そこに真新しい神棚が鎮座していた。

――え？　あんな場所に……？

学がない雪子でも奇妙だと感じる。通常、人が出入りする上に神棚は設置しないのではないか。神様の真下を通過するのは無礼なことだ。とは言え『絶対に駄目』ではないのかもしれない。

――お葬式や祝言の風習も、地域によって全然違うものね。私が知らないだけで、もしかしたらこの辺では普通なのかもしれないわ。

それによく考えてみれば、神棚は通常その名の通り神を祀《まつ》るところ。仏壇とは違い、死者を仏として祀る場所ではない。

だとすれば、総一郎への供物《くもつ》を供《そな》えるのも妙な話だ。それぞれ用途が違うはずなのだが、こういう信仰もあるのかと、雪子は呑み込んだ。

「この並び順のまま置いてくれればいいわ」

「分かりました」

雪子が膳を受け取ると、久子はにんまりと口の端を吊り上げた。最近では珍しく、ご機嫌であるらしい。

「頼んだわよ。心を込めて総一郎さんのお世話をしてちょうだい」

「……？　はい、かしこまりました……」

奇妙な言い回しをされ引っかかりを覚えたものの、命じられれば素直に従うのが女中の役目だ。

雪子が了解すると、彼女は軽やかな足取りで立ち去った。残された雪子は嘆息しつつ頭上を見上げる。

——それにしても、随分高い位置に神棚を置いたのね。あれでは私には届かない……。

普段この部屋の掃除を担当している女中も、小柄な方だ。しかも雪子よりずっと年を召している。だとしたら、神棚を清めたりお供えを変えたりするのは大変だろう。

雪子はしばし考え、ひとまず膳を置くと、室内にあった文机を移動させた。

――申し訳ないけれど、これを足場にして手を伸ばそう。でないと、とても届かないもの。

幸いしっかりとした文机は、雪子一人の体重くらい軽々と支えてくれそうである。お供えをする前に軽く埃を払っておこうと考え、はたきと雑巾を手に取った。

「……あ、やっぱり薄っすらだけど埃が溜まっている」

間近で見れば、神棚は思った通りかなり新しいものだと思われた。おそらく、総一郎の死後、設けられたものではないだろうか。

「梯子《はしご》とかが欲しいな……」

いくら足場を確保しても、雪子の上背では精一杯背伸びして両手を伸ばさねば届かない。それでも丁寧に拭き清め、室内よりも入念に仕上げた。

「……これでよしっ」

――総一郎様とは色々あったけれど、亡くなった方には敬意を払わないと……

雪子は心を込めて二拝した後、二度拍手した。そして深々と頭を下げる。どうか安らかに眠ってほしいと祈り、閉じていた眼を開こうとしたとき。

チリーンと涼やかな鈴の音が響いた。

幻聴ではない。何故なら、未だかつてなくすぐ傍ではっきりと聞こえたからだ。

それこそ雪子の真後ろ。いや、耳元で鳴らされたかのような――

――……え？　ど、どうして？　このところずっと聞こえなかったのに……それに今私は、夢現なんかじゃなく、ちゃんと起きていると断言できる……っ
全身に冷たい汗が滲んだ。気のせいだと自身に言い聞かせ、忙しくなる呼吸を落ち着かせる。

仮に鈴の音が聞こえたところで、それだけのこと。たまたまどこかで鳴らされただけだろう。あまり深く考える必要もない。部屋の窓を開け放っているせいで、耳が遠くの音を拾ったにすぎないはず。

そう思うのに、雪子は固まったままピクリとも動けなかった。

嫌な気配が漂っている。先ほどまで何も感じなかったのが嘘のよう。今は、重苦しく粘ついた空気に室内が支配されていた。

雪子の背中に迫る『あれ』。ヒヤリとした冷気がうなじを撫でる。まるで人の息遣いめいた湿り気が首筋を掠め、雪子の恐怖が決壊した。

「きゃぁあっ」

ゾッと全身が総毛立ち、無意識に身体が逃げようとして動く。しかし自分が文机の上に立っていることを忘れていた。慌てふためいた拍子に足を踏み外し、大きく体勢を崩して、雪子は派手に畳の上に転がった。

「……っ」

強かに全身を打ち、あちこちが痛い。だがそんなことはどうでもいい。

倒れ込んだ拍子に手を引っかけてしまったらしく、神棚がつり棚から落ちてしまったからだ。

――大変……っ、壊れていない？　何故壁に固定されていないの……っ？

お供えをする前でよかったと思うものの、万が一神棚が壊れていたら、久子に何と責められるか分かったものではない。下手をしたら、井澤家を追い出されかねないと思った。

雪子は痛む身体で這いずって、畳に転がった神棚を慎重に確認した。

幸い、どこも欠けたり割れたりしているところはない。扉もちゃんと開く。

心の底から安堵して、雪子は神棚を元の場所に戻そうと立ちあがった。

「……え？」

だが、あるものを見つけ、硬直する。

それはとても奇妙なもの。正直最初は意味が分からなかった。

小さな絵だ。

初めに眼に飛び込んできたのは、紋付き袴を纏った男性の姿。よくよく見れば、その顔には見覚えがある。

かなり絵心がある者が描いたのだろう。ひょっとしたら名のある画家かもしれない。そう思うほど、見事に特徴を捉えていた。

――総一郎様……？

多少きりっとした顔でうつし取られているのは、酒に酔っていない状態だからか。雪子の知る彼は常に酩酊している印象だったので、すぐにはピンとこなかった。

――これは、祝言……？　隣にいる女性は……

白無垢を纏った花嫁が、総一郎の横に描かれている。こちらも見事な筆だ。まるで写真のよう。顔の造作がはっきりと分かる。

愛らしいつぶらな瞳も。小振りでぽってりとした赤い唇も。慎ましやかでありながら意志の強さを感じさせる顔立ちも全て。そして何より、とても色白な若い娘であることが。

「……え……私……？」

間違いない。これは雪子の姿だ。

どう見ても自分が、幸せそうに微笑み隣の総一郎に寄り添っていた。生前の彼とは、こんなふうに睦まじく過ごしたことなど、一度もない。どちらかと言えば、近づきたくないとすら思っていたのに。

「何……これ……」

ドッドッと心臓が煩く暴れている。眼にしたものの意味が分からず混乱した。ただ悍ましさだけが生々しい。

絵が描かれているのは紙やカンバスなどではなく、木の板だ。しかも絵馬の形をしている。それが、神棚の裏に貼りつけられていた。

――気持ちが悪い……っ

これがいつ描かれたものかは知らないが、およそ気分のいいものではなかった。好きでもない相手と勝手に祝言の絵姿を作られただけでも不快なのに、花婿が死者とは。控えめに言っても勘弁してくれとしか思えない。

いくら亡くなった人に敬意を払うべきだとしても、それとこれとは話が別だ。

雪子の了承なしに、していいことではないだろう。

嫌悪感が渦巻き手が震える。膝が戦慄いて、その場にくずおれそうになった。

絵馬は神棚の背面にべったりと貼りつけられており、剝がせそうもない。かと言ってこのまま放置する気には、とてもなれなかった。

――どうしよう……何も見なかったことにする……？　ああでも、こんなものがあるなんて、絶対に嫌。だけど神棚ごと持ち去るわけにも……っ

ぐるぐると思考が空回りして纏まらない。今すぐ忌まわしいものを廃棄してしまいたいのに、ものが絵馬と神棚だけにぞんざいには扱えなかった。だとしたら、どこか神社に持ち込めばいいのか。

――以前、蓮治さんと行ったあのお稲荷さんなら、受け付けてくれる……？　だけど、

勝手に持ち出したら駄目よね……？　きちんと旦那様に了解を得ないと……

　さりとて、これを作成したのが主夫妻だとしたら簡単に処分を許してくれるとは思えなかった。

　──奥様に確認してみる？　こんなの異常だもの。もしも旦那様たちが作ったとしても、ちゃんと話せば私が嫌がっていることを理解してくれるはずよ。先ほどの落ち着いたご様子なら……

「──何をしているの、雪子？」

「……ひっ」

　考え事に没頭していた雪子は、いつの間にか部屋に戻っていた久子に驚いて身を竦ませた。

　まったく気がつかなかった。足音もしなかった気がする。

　狼狽しつつ、彼女の視線が雪子の持つ神棚に注がれていることを悟り、慌てて頭を下げた。

「も、申し訳ありません。綺麗にしようと思ったら……」

「あらあら。見てしまったのねぇ」

　てっきり怒鳴り散らされるものと覚悟した雪子に、妙に間延びした声がかけられた。少なくとも、勝手に神棚を移動させたことに対する怒りは、久子から感じられない。それどころかにこりと微笑まれ、戸惑った。

「それ、総一郎さんが残したものなのよ。少し雪子に似ていると思わない？　もしかしてあの子、貴女に懸想《けそう》していたのかしら」

「え……」

ではこれは総一郎自らが描かせたものなのか。だとしても、気味が悪いことに変わりはなかった。

「あ、あの奥様……」

「私たちも大事な一人息子が残してくれたものを、処分するのが忍びなくて……でもこれを見たらきっと雪子は不愉快になるでしょう？　だから神棚の裏に隠しておいたのよ。そこなら誰の眼にも触れないもの。総一郎さんへの供養にもなると思って」

一応筋は通っている。しかし何かがおかしい。だがその違和感を、雪子には説明しきれなかった。

「深く考えないで、雪子。これは我が子に先立たれた、哀れな私たちの慰めなの。もうしばらくしたら、ちゃんと神社に奉納するわ。だからそれまでは見逃してくれない？　それに……この描かれた女性が、貴女である確証はないのだし」

そう言われてしまうと、今すぐ何とかしてくれと言うのは躊躇われた。

子を亡くした親の悲哀は、想像できる。この絵の女性が確実に雪子だと言えない限り、強く主張するのは出過ぎた真似だろう。『気持ちが悪い』と感じているのも、無慈悲で申し訳ない心地がした。

「奥様……ではいずれは神社に持っていっていただけるんですか……？　あのこれ、絵馬ですよね……？」

「ええ、勿論そのつもりよ。神棚だって節目ごとに新しいものと取り換えるもの。これが絵馬かどうか私にはよく分からないけれど、一緒に持っていくつもりよ」

神棚の交換は最低でも一年ごと――新年には新しいものに変わるはず。そう考えればこの絵もあと半年余りで撤去されるに違いない。

――本当は今すぐどこかへやってほしいけれど……

「……分かりました」

渋々雪子が頷けば、久子が眼を細めた。

「ありがとう、雪子。――では貴女の手で、神棚を元の場所に戻してくれるかしら？」

「は、はい」

正直断りたかったが、落としたのは雪子自身だ。このまま放置するわけにもいかず、文机に乗り、神棚とお供えをつり棚に置いた。慎重に位置を整え、ホッと息を吐く。

けれども自分自身の手で絵馬のついた神棚を戻したせいで、どこかあの絵を認めてしまった気分になる。それが、どうにも嫌な後味となった。

「――ありがとう、雪子。貴女きっといい妻になるわ」

「はい……？」

この流れで久子にそんなことを言われても、ザワリとした悪寒しかない。雪子は何か石を呑み込んだかのような重苦しさを感じ、愛想笑いもできなかった。

「あの……奥様……もうよろしいでしょうか？」

「ええ。昼餉の時間ね。食事はきちんと食べねば駄目よ。行っていいわ」

満足げに頷いた久子の視線は、頭上の神棚に注がれていた。不意に、雪子の肌がゾワゾワと粟立つ。しかし強引に意識を振り払い、彼女に頭を下げた。

「ではこれで……失礼いたします」

「――もうすぐよ、総一郎さん」

「……？」

掃除道具を抱えて退出した雪子とは裏腹に、久子はまだ総一郎の部屋の中で佇んでいる。

その眼は、まっすぐ神棚へ向けられたままだった。

――何だかとてもモヤモヤする……やっぱり今すぐ片付けてほしいと強く言った方がよかったのかな……

これから先、あの絵が残されていると思うだけで不快だ。しかしそう感じることこそ、死者への冒瀆であり、我が子を亡くした両親に冷淡すぎるという罪悪感があった。

――もっと私が寛容にならなくちゃ……一生のことではないのだし……ああでも……

同じところを思考が巡る。

結局のところ雪子の本音は、あの絵を処分してほしいという一点なので、強引に己を納得させようとしても無理なのだ。

――蓮治さんに、相談してみようかな……

彼なら、よい解決策を提示してくれるかもしれない。当主の信頼が厚く、雪子よりずっと発言力があるだろう。

――もしかしたら、奥様を説得してくださるかも……

叶うなら、全部穏便にすませたい。大事にしても、いいことは一つもないのだ。

蓮治に頼ってばかりの自分が情けないけれど、自力では到底解決できそうもない問題にぶち当たり、雪子は途方に暮れていた。

――せっかく不眠症が改善されつつあるのに……

嫌な気分を振り払いたくて、足早になる。一刻も早く、炊事場に行って食事をしよう。何かお腹に入れれば、どうにもならない不安感が払拭されるに違いない。そう考え、雪子は一歩でも総一郎の部屋から遠ざかろうとした。

夜になれば、蓮治に会える。それだけが今の心の支え。

ふと縁側から庭に眼をやれば、朝は晴れていた空が、急に翳っていた。まるで雨雲が立ち込める己の心情を表しているよう。

空気まで湿っており、ひと雨来そうな気配だ。洗濯物を取り込んで、戸締りをしておいた方がいいかもしれない。雪子は換気のために空いていた硝子戸に手を伸ばした。

そこに自分の姿が映る。磨き抜かれた硝子に一人の女。女中の格好をした、色の白い娘。その背後に。

「……っ、ひ」

掠れた声は、悲鳴にもなり切らなかった。

映っているのは、自分一人だ。今この縁側には雪子しかいないのだから、当然のこと。ではほんの一瞬見えた、あの人影は誰なのだ。雪子よりも背が高く大柄な、男性と思われる何者かが、自分に覆い被さるようにして後ろから両腕を肩に回していた。

瞬き一つで消えた幻。しかし眼に焼きついた禍々《まがまが》しさが、見間違いだと思い込むことを雪子に許してくれなかった。

「い、嫌……っ」

気持ちが悪い。悍ましい。

幻覚に感触はなかったのに、黒い腕が絡みついていた肩や首がゾクゾクとした。今すぐ水浴びでもしたい心地に、下唇を噛む。

どうやら自分と総一郎が描かれた奇妙な絵を見てしまったことで、過敏になっているらしい。気持ちが不安定なせいで、おかしなものを眼にした気分になったのだろう。

それしか考えられない。そうでないと困る。全てはちょっとした思い込み、勘違いの類《たぐい》だ。

雪子は何度も頭を振って、今しがた目撃した幻影を忘れようとした。しかし努力すればするほど、鮮やかに思い出される。

男らしき腕は、しっかりと雪子の上半身にしがみついていた。まるで爪を立てているかの如く、力強く肌に食い込んでいた気もする。

ほんの刹那だったので、確証はない。だが急に息苦しさを感じた。

ぎりぎりと締め上げられるような苦しさに、喉が震える。全身が冷え、眩暈を覚えた。

――気のせい……考えすぎたら駄目……！

昼間なのに薄暗い縁側が、まっすぐ伸びている。前にも、後ろにも。見慣れたはずの光景が、急激に違和感を孕んだ。それは、何者かの気配とも言えた。

誰もいやしない。久子はまだ総一郎の部屋に佇んでいるだろう。女中らは昼餉の刻限で、母屋にいるわけがないのだから。松之助や呉服店で働く者たちは、店舗の裏で食事を終える。だからここには今、雪子一人のはず。

――私が勝手に怯えているだけ……っ、風の音を大袈裟に解釈したり、妙なものが見えたりした気になって、一人で騒いでいるだけだもの……！

過剰に反応する必要はない。でないとありもしない恐怖に食われてしまう。

だが、どこからともなく床を軋ませる足音が近づいてきて、雪子は考えるより先に走り出した。

——逃げなくちゃ……！

これは夢ではない。それは分かっている。けれどじっとしていられない。

逃げなければ『あれ』に捕まって[redacted]させられてしまう。囚われれば二度と抜け出せない。得体の知れない何者かの爪が、雪子に襲い掛かる。脚が纏《もつ》れ、身体が傾いだ。

「……ぁっ」

転びそうになり、死に物狂いで体勢を立て直した。とにかくこの屋敷の中にいたくない。どこか遠くに隠れなければ。けれどいったいどこへ？

雪子に行く当てなんてありはしない。田舎に戻ろうにも、その足代は先日診療所で使ってしまったではないか。

他に安心して身を潜められる場所。そんなものは、たった一つしか思い浮かばなかった。

——離れの納戸……！

いくら母屋ではなくても、あそこだって井澤家の敷地内に変わりはない。しかも照明すらない、ある意味一番光の届かない暗い密室だ。だが、唯一雪子に安らぎをもたらしてくれる隠れ家でもあった。

蓮治と過ごし、彼が安心と充足を与えてくれたからこそ、神域同然に思える。あの納戸だけが井澤家の中で隔絶されているように感じられるのかもしれない。おそらく『あれ』は入って来られないのではないか。

根拠は一つもない。きっと雪子がそう思い込みたいだけ。逃げ込める場所を求めるあまり、納戸だけが安全なのだと信じようとしているにすぎない。

しかし他に選択肢はなかった。

縺れる脚を懸命に動かし、母屋を飛び出す。そして必死の形相で離れに駆け込んだ。今頃美津たちは昼食をとっているだろう。けれど炊事場には眼もくれず、雪子はまっすぐ納戸に向かった。

その間にも説明できない気配が背後に迫る。今や男の息遣いと鈴の音が、はっきりと雪子の耳に届いた。

「やぁあっ」

納戸の板戸が開いていることに疑問も覚えず、一気に中へ走り込む。すると入ってすぐ何かにぶつかり、雪子は抱きとめられた。

「……雪子さんっ？」

低く耳を擽る甘い声。大きくて温かい身体。優しく包み込んでくれる逞しい両腕。

それら全てが、雪子のよく知るものだ。辛いとき、悲しいとき、助けてほしいときにいつだって手を差し伸べてくれる――

「蓮治、さん……っ」

「吃驚した……いったいどうしたのですか」

「蓮治さんこそ……何故ここに……？」

昼間のこの時間、彼が店舗を離れるのは、遣いを頼まれた場合くらいだ。最近はきちんと毎日店を開け営業しているので、蓮治も忙しいはず。

それなのに彼がこうして納戸にいることが信じられず、雪子は恐怖も忘れて瞬いた。

「ああ。実は反箱が一つ壊れてしまいましてね、先日納戸を片付けたときに、一つ代用できそうなものがあったので、今日はひとまずそれを使わせてもらおうと思って取りに来ました。――……雪子さん、泣いているのですか？」

入り口の板戸を開け放ったままなので、納戸の中はいつものように真っ暗ということはなかった。薄暗くても、互いの顔がはっきり見える。

雪子の濡れた頬や赤く潤んだ瞳はごまかしようがなく、彼の眉間に皺が寄った。

「……何かありましたか」

そっと抱き寄せられて、背中を撫でられる。たったそれだけで、雪子の両目からは新たな涙がとめどなく溢れた。

「……蓮治、さん……っ」

「落ち着いて、大丈夫です。ほら深呼吸してください」

嗚咽を漏らしそうになった雪子は、言われた通り何度か深く呼吸した。すると、波立っていた心が僅かながら落ち着いてくる。冷静になり始めると、周りの物音を耳がようやく拾い始めた。

複数人の足音。だが、先ほどまで雪子を追っていた不気味なものではない。明るい笑い声と共に聞こえてくるのは、昼餉を終えた女中らのものだ。

彼女たちは楽しそうに雑談しながらこちらに向かい歩いて来ようとしていた。

「……静かに」

人差し指を唇の前で立てた蓮治が、するすると板戸を閉める。物音を立てないよう細心の注意を払ったらしく、それは静かに閉じられた。

暗闇が訪れる。けれどちっとも怖くはない。

僅かに開いた隙間から線状になった光が差し込んでくる。雑談に興じながら廊下を通り過ぎていく女性たちの姿が、息を殺した雪子にも微かに垣間見えた。

「――それにしても、雪子はどこに行っちゃったんだろう。ご飯を食べに戻らないなんて……」

「旦那様か奥様に用事を言いつけられたみたいよ。一人分は残してあるから、手が空いたら食べに来るんじゃない？」

「大丈夫かなぁ……」

美津が心配そうにぼやきつつ嘆息した。前を歩く登和が「最近元気になっているし、きっと平気よ」と返す。

彼女らの足音と気配が遠ざかる。間もなく、納戸の中には静寂が落ちた。

「――別に隠れなくても、よかったのかもしれませんが……」

「い、いいえ……また不安定になっていると皆さんに思われたくありませんから。気を遣ってくださり、ありがとうございます……」

今回も蓮治に助けられてしまった。

この数日落ち着きを取り戻していた雪子が、再び様子がおかしくなったとなれば、美津も登和も戸惑うに違いない。せっかく何もかも元通りになりかかっていたのに――

「……それで？　いったい何があったのですか？」

「あ……」

総一郎の部屋で見たものを勝手に話していいかどうか逡巡したものの、やはり雪子一人で抱え込める問題ではない。

それにこんなことを相談できるのはやはり蓮治だけだ。他の者にいきなり悪夢や得体の知れない恐怖の話をしても、訝しがられるだけに決まっていた。全ての経緯を知っている彼なら、きっといい知恵を貸してくれる。

何よりも蓮治なら、雪子を『頭がおかしい嘘吐き』と冷たく断じることはないと信じられた。

「――あの……変なものを、見たんです……」

「変なもの？　いったいどこで？」

穏やかに促され、雪子はポツリポツリと語り出した。

今朝いきなり松之助から総一郎の部屋の掃除を命じられたこと。久子に神棚へお供えするように言われたこと。その神棚がやや違和感を覚えるものであったこと――

「……私の不注意で神棚をひっくり返してしまったのですが、裏に……絵が貼りつけてあったんです」

「神棚の裏に絵？　壁に固定されてはいなかったんですか？」

「はい。つり棚に置かれている状態でした。その絵も紙ではなく、こういう形の板に描かれていました」

雪子は手を使って大きさと形を示した。改めて言葉にして説明すると、ますます絵馬としか思えない形状だ。神社や寺でなら、よく眼にするもの。しかし個人が家に置くものではないと思う。

「絵は……総一郎様の祝言の様子でした。紋付き袴をお召しになった総一郎様と、隣には白無垢姿の花嫁が……それで、あの……私の自意識過剰だと思いますが、女性の顔がどうも私に見えて……変ですよね、勘違いに決まっているのに……」

「え？」

それまで静かに耳を傾けてくれていた蓮治が、突然鋭い声を出した。雪子を宥めるように背中を撫でてくれていた手が止まる。

彼の双眸は、これまでになく剣呑な光が浮かんでいた。

「……蓮治さん？」

「――いえ、続けてください」

「あ……それ以上は特にお話しすることがないのですが、とにかく嫌な感じがして、奥様に処分をお願いしようと思ったんです。――けれど『息子の残したものを無下にはできないから、もう少し待ってほしい』と言われて……それに絵の女性が私とは限らないとも。だから何も言えなくなってしまったんです……」

「――でも、雪子さんは描かれた女性を自分だと感じたんですよね？」

思いの外強い口調で問い返され、雪子は驚いた。

彼の見下ろしてくる双眸の圧が強い。暗闇の中でもはっきりと、真剣な様子が見て取れた。

「はい。顔立ちがよく似ていましたし、肌の色が白いところが特に……」

「他には？　本当に何もありませんでしたか？　総一郎様の部屋を掃除して、最終的にお供えはしましたか？」

「はい。きちんと米や酒などを並べてきました」

それを聞いて、何故か蓮治の顔が強張った。

「……そうですか……雪子さんがこの納戸に泣きながら飛び込んできたのは、何故です？ ただ気になる絵を見ただけなら、普通はあそこまで怯えきったりしませんよね？」

「あれは……また鈴の音が聞こえて奇妙な気配を感じた気がしたからです。今日の私はちゃんと眼を覚ましていたのに。その上、硝子戸に一瞬、黒い男の人影が映った気がして……あ、勿論錯覚だと分かっています」

幻聴だけでなく幻視まであるとは思われたくなかった。なけなしの矜持《きょうじ》が邪魔をして、雪子はつい冗談めかした口調になってしまう。しかし本当は膝が笑い、腰が抜けそうなほど恐ろしくてたまらなかった。

先ほどの恐怖を言葉にしたことで、治まりかけていた震えがぶり返す。引き攣った笑顔の雪子の手は、大きな掌に包み込まれた。

「黒い男の人影とは？」

――蓮治さんはただの妄想だと嘲笑《わら》わずに、私の言葉をちゃんと聞いてくれる……。

思った通り、彼は愚かな女の気の病《やまい》であると切り捨てず、至極真剣に耳を傾けてくれた。

そのことがとても嬉しい。勇気づけられた気分で、雪子は喉に力を込めた。

「……私の背後から、こう上半身を抱えるように巻きついていました。痛みや感覚はなかったけれど、爪を立てる勢いで強く……」

ぞぞっと再び肌が粟立った。

思い返すだけで気味が悪い。一刻も早く忘れてしまいたいのに、時間を追うごとに生々しさが増してくるのが不思議だ。寒気を感じ、雪子は蓮治の身体に縋りついた。

「……お願いします、蓮治さん……私を抱き締めてください。やっぱり怖くて仕方ないんです……！」

強がろうとしても、張りぼての気合ではどうにもならない。

雪子が安心できる場所は、本当は納戸ではなく、彼の腕の中だけ。こうして触れ合っているときのみ、得体の知れない恐怖から逃れられた。

「もう嫌……どうして私がこんな目に……私が変になっているの……っ？」

正直なところ、一番の恐怖は己の正気が信じられないことだ。自分の頭がおかしくなっているかもしれない恐れに、押し潰されそう。余裕がなくなって、悪い妄想が加速した。

夢と現実が混じり合う。暗闇の中は、いっそう境目を曖昧にした。

「雪子さん……」

「お願いします、蓮治さん……っ、私を助けて……！」

眠りにつくまで一緒にいてくれるだけでは、もはや足りない。何故なら既に、安眠できるかどうかは関係なくなりつつある。今日の雪子は万全の体調だったにもかかわらず、不気味な悪夢に囚われた。あのときの自分は絶対に眠ってなどいなかった。

ならば現実が侵食されつつあるのだ。

「怖い……っ、どうしたらいいの……っ？」

雪子の気のせいではなく、医者の力や御守りでも回避できない災禍《さいか》なら、いったいどうすれば逃れられるのか。

答えは、一つだけである気がした。

誰にも手の施しようがなかった雪子の不眠を、あっという間に癒してくれたのは蓮治だけ。だとしたら、突然悪化した状況を、彼ならば打破できるのではないか。

「……蓮治さん、一生のお願いです……——どうか……私を抱いてください……」

「雪子、さん？」

もはやこの震えを鎮めるには、今まで通りの方法では到底足りなかった。今すぐ何か手を打たなければ、身の内に巣くう恐怖に雪子自身が喰らわれてしまう。

追い詰められ、冷静な判断力を失った雪子は、無我夢中で彼に懇願した。

肌が触れ合うだけではなく、蓮治の全てを手に入れたい。心が無理なら、身体だけでも。

ただの絵と割り切るには、神棚の裏に隠されていたあれは、あまりにも不気味だった。

愛していない男の花嫁として描かれるなんて、悍ましさしかない。女性の顔が偶然雪子に似ていただけだと思い込もうとしたけれど、やはり無理だ。

総一郎に襲われかけた気色悪さが、まざまざとよみがえる。あの瞬間の恐怖や嫌悪を追体験している心地になり、雪子は懸命に蓮治を見上げた。

「触れられるのは、蓮治さんでなくちゃ、嫌なんです。この悪寒を消し去れるのは、蓮治さんだけなんです……！」

どうか上書きしてほしい。

肌に残る不快感を根こそぎ消し去れるのは、彼以外いない。

眠りにつく前の戯れでは、きっともう『あれ』を追い払えないだろう。これまでよりも強く不穏な気配が近づいているのを感じる。もっと決定的な何かが必要だと思った。

「……自分が何を言っているか、分かっていますか？」

「当たり前です！　私は蓮治さんが好きなんです。だから、貴方以外の妻になんて、たとえ絵の中でもなりたくない！」

勢いで告げてしまった気持ちは、取り消しがきかない。

彼の耳にきちんと届いたことは、蓮治が眼を見開いたことからも明らかだった。

戸惑いに揺れる、綺麗な瞳。睫毛の長さだけを見れば、女性と間違えそうになる。吸い込まれる深い豊かな黒に、雪子は数瞬、言葉をなくした。

落ちた沈黙が耳に痛い。けれど彼は雪子から離れようともしなかった。背中に回した腕はそのまま。全身がぴたりと密着している。そのせいで互いの心音が激しくなったことが、まざまざと伝わってきた。

「……蓮治さんが、私を妹としか思っていないことは、分かっています。でも嫌いでないのなら、一度だけでもいい。夢を見させてください。でないとこのままわけの分からない何かに、捕まってしまいそう……！」

屋敷の中に、あの絵があることが耐え難い。本当に総一郎が用意したものなら、雪子に対するべったりとした執着を感じた。実際のところ彼は、雪子をつまみ食いできる遊び相手としか見做していなかったはずなのに。

けれど何か違和感がある。肉欲しかなかったあの視線と、今雪子を追い詰めようとする存在には、上手く説明できない隔たりを感じた。

だがそれらの違いを冷静に分析する時間も余裕もない。あるのは、抑えきれない蓮治への恋心だけ。

一度口にしてしまった雪子の想いは、瞬く間に膨れ弾けた。

「万が一『あれ』に捕まったら、きっと私は無理やり連れて行かれてしまいます。そうなれば……っ」

どうなると言うのだろう。

自分で言いかけておいて、雪子にはその先が分からなかった。しかし本能が逃げろと訴えかけてくる。

更に言うなら、逃げるためには蓮治の協力が不可欠なのだ。奇妙な確信に衝き動かされ、雪子は何度も瞬いた。

「一晩でいいんです……私を、蓮治さんのお嫁さんにしてください……」

同じ想いを返してもらえないなら、甘い一夜の夢が欲しい。それでもしも今後逃げきれず力尽きたとしても、悔いはないと思えた。

誰よりも恋焦がれた人に、操を捧げられたなら。奪われるのではなく、自分の意思で。たった一つの思い出があれば、おそらくもう何も恐れることはない。

誇りを持って怪異に立ち向かえる予感がした。

――怪異……

そう、これは病気などではない。明らかに人智が及ばない何か。これまでずっと自分をごまかし騙してきたけれど、もう認めざるを得ない気がした。雪子は今、科学や常識では説明がつかない事態に、巻き込まれているのだ。

「……雪子さんは、時折驚くほど大胆だ……僕が迷っている間に、軽々と壁を越えて来てしまう……」

「だって、いい子で待っているだけでは、何も変わらないと分かったんですもの……っ」

現状を変えたいなら、行動しなくてはならない。そうしなければ、全ては停滞したまま。

蓮治との距離も同じ。いくら頑張っても年の差を縮めることはできないけれど、物理的なものなら、努力次第でどうとでもなる。

雪子が悪夢に苦しめられるようになって唯一得たものが、きっとこの気づきだ。

「お願いします、どうか……私を抱いてください……」

答えを聞くのが怖い。振り払われたくなくて全力でしがみつき、彼の胸に顔を埋《うず》めた。そのまま経過した時間は、きっと僅かな間だ。

しかし永遠かと思うほど長く感じられた。

蓮治の手が、ゆっくりと動き出す。雪子の背中から頭へと。このまま押しやられてしまうかもしれないと怯えた瞬間、纏めていた髪を解かれた。

「……僕がどれだけ己を律し、我慢していたかも知らないで……馬鹿な子だね、君は。もう逃がしてはあげられないよ……？」

ほんのりと乱雑になった口調に、ゾクリと下腹が疼いた。

甘苦しい愉悦が血潮にのって全身を駆け巡る。尋常ではない胸の高鳴りに、雪子は無意味に唇を開閉した。

「あ……」

「せっかく巻き込むことなく、真綿で包んで守ってあげるつもりだったのに……寝た子を起こすとはこういうことを言うのかもしれない。何事も思い通りにはいかないものだ」

「蓮治、さん……？」

「ああ、ごめん。こっちの話だよ。――雪子さん、僕がどんな思いで貴女を遠ざけようとしていたかなんて、想像もできないでしょうね。本当は誰よりも愛しくて、いつだって今すぐ食べてしまいたかったのに……死に物狂いで欲求を抑え込んでいた哀れな男の苦労を、こうも一瞬で無駄にするんだから」

彼の言っていることは、よく意味が汲み取れない。しかし、自分の恋心が一方通行でなかったことは、雪子にも察せられた。

どう解釈しても、嫌われてはいない。それどころか特別だと言われているのも同然だった。

「蓮治さんは……もしかして、私のことを……？」

「妹だと思い続けられれば楽だった。でも貴女は脱皮するかの如く、瞬く間に綺麗な『女』になっていく。……必死に自分に言い聞かせましたよ。幼かった頃からよく知る相手を、淫らな眼で見るのはよくないと……毎日、毎晩ね。そんな頃、総一郎様も雪子さんの魅力に気がついてしまった。あのときの僕の気持ちが分かりますか？――いっそ殺してやろうかと思った」

その殺意が雪子と総一郎のどちらに向けられたものかは判然としない。けれどどちらにしても、背徳的な愉悦に雪子の全身が戦慄いた。

狂気の滲む想いを吐露され、喜びしかない。

すっかり諦めていたものが、眼の前に差し出されたのだ。これで浮かれるなと言う方が無理だった。

「雪子さんだけは……僕のいる汚い世界に引きずり込みたくなかったのに……」

「蓮治さんのおっしゃることはよく分かりませんが、……貴方も私と……同じ想いを抱いていると考えて、いいんですよね……？」

自分にとって大事なのはそれだけ。今、他のことはどうでもよかった。

区切るように一言ずつ絞り出した雪子の問いに、彼がゆっくり、けれど深く頷いてくれた。

「……っ！」

歓喜が込み上げ弾けそう。決して届かないと諦めていた宝物が、今この手の中にある。奇跡に等しい瞬間が、本当に訪れるなんて夢にも思っていなかった。

「……僕は雪子さんが好きです。好きで仕方ないからこそ、絶対に手を伸ばすべきではないと線を引いていました」

「どうして……っ」

「母の血を、次に引き継ぎたくなかったからです。あの穢れた呪いを断ち切るには、それしか道がなかった」

そんなにも、幼少期の彼は傷ついていたのか。懐かしそうに母親との思い出を語った裏で、血筋を断とうとまで考えていたなんて。

あまりの凄絶《そうぜつ》な決意に、雪子は言葉も出なかった。

痛ましくて哀れで、泣いてしまいそう。軽々しい慰めなど、何の意味もない。

上手い言葉が思いつかない代わりに、雪子は背伸びして蓮治の頭を撫でた。少しでも、彼の傷が癒えるよう、心から願いを込めて。

「……あの、私はまだ、具体的に子供とか考えたことはありません……でも、いつか自分が産むとしたら、蓮治さんとの子がいい。そしてもし貴方が望まないなら、いりません。私にとっては、蓮治さんと一緒にいられることの方が大事なんです……」

今の気持ちを精一杯告げた。

全てを言葉にするのは難しい。きっと言いたいことの半分も上手く言語化できていない。

それでも、一つでも届いてくれたなら。

彼の脆くて柔らかい場所へ到達できるよう、雪子は慎重に言葉を選んだ。

「蓮治さんが好きだから……貴方との未来に、私の居場所をくれませんか……？」

絡まった視線が濃密になる。

ゆっくりと彼の顔が近づいてきて、雪子は眼を閉じた。

重ねた唇が温かい。これまでの接吻とは、まるで違う。想いが通じ合った今だからこそ、頭が蕩けるほどの喜悦が生まれた。

「……っん、ふ、ぁ」

身を屈めた彼に抱き竦められ、雪子も必死に顎を上げる。解かれた髪を掻き乱すような手つきに、蓮治からの自分への渇望を見つけ嬉しくなった。

もっと理性をかなぐり捨ててほしい。場所も状況も考えられないくらい、雪子のことで頭をいっぱいにしてほしかった。

「は……っ、こんな狭苦しい場所で、雪子さんの初めてを散らせたくはないのに……っ」

「私がそうしてほしいんです。だって、そうでなきゃ、いったいいつどこでならいいのですか？　私は今すぐ蓮治さんに抱かれたいのに……っ」

「生娘が口にする台詞《せりふ》ではありませんよ」

咎めるように鼻の先を齧られ、雪子は瞳を瞬いた。確かに大胆すぎたかもしれない。けれどこうでも言わなければ、きっと彼は最後の一線を越えてくれないと思った。

「……もう、お預けは嫌です……」

「はぁ……困った人だな……鋼の精神力だと思っていた僕の忍耐を、こうも容易《たやす》く引き千切るなんて……覚悟してください」

ぎらつく双眸に射貫かれて、雪子の体内が騒めいた。期待と不安がせめぎ合い、勿論勝ったのは前者だ。

男の顔をした蓮治に見惚れている間に、雪子は割烹着を脱がされ、帯を解かれた。

浴衣一枚のときとは違い、少しもたつく手つきが愛おしい。

薄闇の中、互いに脱ぎ捨てた着物の上に、二人ともぺたりと座り込んだ。

「……蓮治さんが裸になってくれるのは、初めてですね……」

上半身なら眼にしたことがある。だが彼が帯を解くことはこれまでなかった。

それが今、惜しげもなく晒されている。しかし想像よりずっと引き締まった脛や逞しい太腿、それから黒々とした繁みから聳《そび》える屹立は、直視する勇気がない。

「男の裸を見慣れていない雪子さんを怯えさせたくなかったですし、僕も脱いでしまえば、止まれなくなるのが分かっていましたから」

どこまでも雪子のため。

そう告げられた心地がし、胸が温もった。

相手にされていなかったのではなく、誰よりも大事にされていたから、尊重してくれていたのだ。無鉄砲になりふりかまわず迫る雪子を、彼は大人として窘めてくれていたのだろう。

もしも気が変わって、雪子が引き返そうとすれば、いつでも逃がしてやれるように。

――そんな必要はなかったのに……

優しくて、同時に残酷な気遣いだ。だがそんなところも、蓮治らしいと思わずにはいられなかった。

「では今日は、止まらないでください……」

「眩暈がするくらいの、殺し文句だ……」

粘膜を擦り合わせる淫猥な口づけに溺れ、互いの裸体に手を伸ばした。吐き出す呼気が、次第に忙しいものになる。

乾いていた肌はしっとり汗ばみ、まるで手に吸いつくように馴染んだ。

手足を絡ませ合って夢中で唇を貪れば、名状《めいじょう》しがたいほど気持ちがいい。あちこちに快楽の種が植え込まれていく。それらは雪子の全身であっという間に芽吹いた。

「は……っ、蓮治、さん……っ」

「雪子さんに名前を呼ばれると、頭が痺れて何も考えられなくなります……っ」

隠しきれない情欲の滲む声が、雪子の鼓膜を揺らした。耳からも快楽を注ぎ込まれているようで、陶然とする。

触れ合う場所からどろどろに溶けてしまいそう。まだ敏感な部分にはどこも触っていないのに、早くも腹の奥がきゅうきゅうと疼いて仕方がなかった。

「私も、蓮治さんに名前を呼ばれるのが好きです……っ、貴方の声で音になるときだけ、とてもドキドキします……っ」

金平糖よりも甘い愉悦が、舌を転がった心地がした。

名前は呼ばれるのも素敵だが、自分が愛しい人の名を口にするのもいい。口内で『蓮治』の響きを繰り返せば、それだけで雪子はうっとりしてしまう。

彼も同じなら、それはとても素敵なことだ。同じ喜びを共有し、額を擦りつけて同時に微笑んだ。

「雪子さん……」

「あ……」

正面から乳房を揉まれ、早くも頂が尖り出す。夜よりは光が差し込むせいか、いつもよりいっそう雪子の色白な肌と乳頭の桃色の対比が鮮明になった。

「……いやらしい色に染まっています」

「や、ぁ……っ、蓮治さんが、触るから……っ」

「ええ、そうですね。雪子さんのここはいつも慎ましく顔を隠しています。でも僕が触ればすぐにこうして頭を出してくる」

「んっ……」

刺激されたことで、胸の飾りが存在を主張した。何も知らなかった当時と比べ、明らかに赤みを増している。それがとても淫靡に思え、雪子は羞恥に頬を染めた。

「恥ずかしい……っ」

「恥ずかしがらなくても大丈夫です。雪子さんが僕に舐められたいと望んでいる証拠だと思っていますから」

「ち、違います……っ、ひゃ、ぅ」

生温かい口内でしゃぶられると、乳房の頂がより硬くなる。すると転がしやすくなるらしく、蓮治に強く吸い上げられた。

「……っ、ぁあ」

「雪子さんの肌は、鬱血痕《うっけつこん》が目立ちそうだ。僕のものだという印《しるし》をつけてもいいですか？」

「印……？」

「ええ。肌にわざと痣《あざ》を作るんです。安心してください、さほど痛みはありません。けれど人に見られれば、『特別な相手がいる』とすぐに分かる証拠です」

そんな素敵な方法が世の中にあるとは知らなかった。

だとしたら、今すぐにでもその印とやらをつけてほしい。

「是非、お願いします。それで私は蓮治さんのものになれるのですか？」

「ええ。僕の所有の印です。でも他の誰にも見せてはいけませんよ。これは二人だけの秘密です」

「はい……」

素敵な響きにくらくらした。酩酊感が強まって、声が上擦る。

彼の唇が乳房の裾野に寄せられ、ちくりとした痛みの後、肌に赤い花が咲いた。少々歪な花弁が鮮やかに咲き誇る。

雪子がうっとりと見守っていると、蓮治は他にも次々に痕を残していった。

「あ……そこは、着物を着ても見えてしまうかもしれません。私たちは襷《たすき》をかけて仕事をしますので……」

肘の内側にも吸いつかれ、雪子は摑まれていた手を慌てて引いた。だが既に点々と赤い痣は刻まれている。

「……見られたら、困りますね。女中の方々は案外詮索好きですから……相手は誰だと問われてしまうかもしれない。聞かれたら、どうしますか？」

雪子としては彼との関係は恥ずべきものではない。しかし同じ屋敷で働く使用人同士がどうこうなるのを、主たちは嫌うだろう。秘密にしておいた方がいいことは、明らかだった。

「蓮治さんは……？」

彼も、隠すことを望むに決まっている。平穏に日々をやりすごすには、大人として当然の選択だ。それでも寂しいと感じる心に、雪子は嘘が吐けなかった。

無意識に探る眼差しを向けてしまう。上目遣いを潤ませれば、蓮治が穏やかに微笑んでくれた。

「……そのときは正直に旦那様に打ち明けて……万が一僕らの関係を許してもらえなけれ

ば、いっそ二人で全部捨てて逃げましょうか」

「……っ」

この場限りの睦言《むつごと》だとしても、嬉しい。

仮定に仮定を重ねた戯言にすぎない。現実はもっと煩雑《はんざつ》で、そう簡単に事は運ばないだろう。けれどたった一言で、救われた心地になる。

「……本当は、そういう愚かな道を貴女に強いたくないから、必死で気のないふりをしていたのに……結局僕は恋情で、自分と愛する人の人生を狂わせるみたいです。――母と同じだ」

「蓮治さんは……っ、お母様とは違います。その、私には貴方とお母様の苦しみや事情を全部理解することはできないけれど……一つだけ、はっきり断言できることがあります。……私は、ここが崖っぷちだとしたら、堕《お》ちるときは蓮治さんと一緒がいい……自分だけ助かろうとは思いません」

飛び降りるしか道がないなら、いっそ手を握り合って。

苛烈《かれつ》とも言える雪子の告白に、彼は蕩けるような笑顔を返してくれた。

「……情熱的ですね。ではもしも僕が堕ちるのを躊躇《ためら》ったら？」

「そのときは、あらゆる手を使って二人一緒に生き延びればいいではありませんか。命さえあれば、どうとでもなりますよ。働く場所だって、井澤家だけじゃありません」

「ああ、それでこそ……僕が惹かれてやまない雪子さんだ。貴女はか弱い花に見えても、しなやかに逞しくどこででも咲き誇れる。――泥の中からしか生まれられなかった、僕とは違う――」

後半はごく小さな声だったので、全ては聞き取れなかった。それでも、痛々しい蓮治の声に雪子の胸が詰まる。そっと彼を抱き寄せれば、蓮治が甘えるように雪子に顔をすり寄せた。

「大好きです、蓮治さん……」

「僕も、雪子さんに焦がれています。だから、命を懸けて貴女を守ります」

雪子の背中に添えられていた彼の手が、丸い尻を通って秘められた場所へ潜り込む。座ったままでは触れにくかろうと思い雪子が膝立ちになれば、胡坐をかいた蓮治の上にのり上げる形に導かれた。

少し視線を下げれば、男性の象徴が雄々しく立ちあがっている。その卑猥な造形に、痛いほど鼓動が激しくなった。

雪子が恥じらって視線を逸らせば、喉奥で笑った彼の手が今度は前から秘裂に忍び込む。繊細な手つきで花弁を割られ、慎ましく隠れていた花芯を探り当てられた。

「あ……っ」

「もう濡れていますね」

「い、言わないでください……っ」

ちゅぷちゅぷと水源を掻き混ぜる音がする。

狭い納戸の中では、密やかな物音も大きく響いた。鼓膜から侵入する淫音に、雪子の体内で熱が上昇する。それは滲む蜜の量が増えるのと同義だった。

「……可愛いな、雪子さん。もうこんなふうにして……」

「ぁ、あ……っ」

花芽の表面をくるくると撫でられ、もどかしい快楽が腰に溜まっていった。忙しさを増した呼気が、艶を帯びる。蓮治の肩に縋りついた雪子は、片手で口を塞いで抑えきれない喘ぎを堪えた。

「ほら、もう僕の手首までびしょ濡れです」

「ふ、んん……っ」

蓄積する愉悦と共に、水音が大きくなる。蜜洞を出入りする指は、三本に増やされた。

初めのうちは一本でも圧迫感があったのに、今ではすんなりと男の太い指でも複数を受け入れることができてしまう。

これで生娘だなんて、おそらく誰も信じやしないだろう。雪子自身も、淫らに腰をくねらせている自分が、未だ男を知らないとは悪い冗談である気がした。

すっかり快楽を覚え込まされているのに、この身体は清いまま。

奇妙な話だ。中途半端に愉悦の味を教えたのは、紛れもなく蓮治だった。

「ぁ、ああ……っ」

ヒクヒクと太腿が震える。喜悦に翻弄され膝立ちの体勢が辛くなってきた頃、雪子は着物を広げた床に寝かされた。

「そのまま、脚を開いていてください」

雪子の立てた膝の間に、彼が身を屈める。秀麗《しゅうれい》な美貌が陰唇に近づいていく光景を、息を凝らして見守った。

恥ずかしさと戸惑いはあるのに、それらを上回る期待でどうにかなってしまいそう。蓮治がくれるめくるめく快楽は、既に雪子の全身に張り巡らされていた。理性も何もかも食い散らかす勢いで、純潔であるはずの肉体を支配する。

愛しい人がくれる毒を飲み干す興奮が、雪子を従順にさせた。

「ん、ぁああッ」

彼の舌に肉粒を突かれ転がされ、雪子の腰が床から浮いた。肉の薄い肢体を跳ねさせ、ヒクヒクと痙攣する。

卑猥な動きは、より蓮治の劣情を煽ったのだろう。今度は淫芽の全てを口内で弄ばれ、一気に快楽が振り切れた。

「ひァあああッ」

全身に汗が噴き出す。

鼓動が疾走し、全てが熱くてたまらない。ぎゅっと握り締めた手は、もがくかの如く着物の上をのたうった。

「蓮治さ……っ、あ、それ変になる……っ」

「雪子さんのここは狭いから、充分解しておかないと」

「ひゃぅ……ッ」

しゃべる際の息すら、快楽の糧《かて》になる。雪子の内腿を彼の髪が擽り、新たな愉悦を生む。

摑まれた腿の圧迫感すら気持ちがいい。

もはや何もかもが性的な悦びに変換され、雪子は淫らに喘いだ。声を抑える気配りも忘れ、腹が波打ち爪先が丸まり、体内が収斂して余計なことは何も考えられない。

「ぁああ……、駄目、もう……っや、ぁ、あああっ」

ビクンと四肢が痙攣し、数度空中で手足が踊った。

あまりにも大きな絶頂感で、真っ白になる。呼吸が数秒止まり、苦しい。雪子の身体が弛緩したときには、こめかみを幾筋も汗が伝い落ちた。

「ここを弄られる快さをすっかり覚えてくれましたね。可愛い、雪子さん。――――今度は僕の欲を鎮めてくれますか？」

いやらしい頼みごとをされているのは、内腿に擦りつけられる硬いものの存在から明ら

かだった。

以前布越しに触れたときとはまるで違う。無意識に雪子の喉が上下した。

あのときよりもずっと硬く太く、禍々《まがまが》しいほどに反り返っている。その変化が、自分を欲する証に思え、全身が痺れた。

「……っ」

喉が掠れて咄嗟に返事ができなかったので、僅かに頷く。本音では待ち望んでいたものの、恥じらいの全てを一応捨てたわけではない。

蓮治の下腹を凝視する勇気はなく、雪子は瞬きと共に視線を逸らした。

「雪子さんは大胆だと思えば、慎み深さや年相応の娘らしさも残している。そんなところが、僕を夢中にさせる一面かもしれません。他にはどんな魅力を隠しているんですか？」

「な、何も隠してなんて……」

「本当に？　怪しいな。きっとまだ僕が知らない一面があるでしょう？」

更に大きく脚を開かされ、彼が覆い被さってきた。

蜜口に触れる楔の先端。早く中に入りたいと乞われているかのような気分になる。

ごくりと雪子が息を呑めば、嫣然《えんぜん》と笑う蓮治に額や瞼、頬に唇と口づけの雨が降らされた。

「……雪子さんの大事なものを奪いますよ」

「……！　蓮治さん、それは違います。私は貴方に奪われるのではなく、自ら捧げるのです」

この点だけは譲れない雪子は、つい場違いな主張をした。するとせっかく漂っていた淫猥な空気が、微かに薄まる。

「あ……わ、私……こんなときに余計なことを……っ」

「ふ、ははは……っ、やっぱりまだ僕が知らない一面があった」

場を白けさせてしまったかと焦った雪子に、弾けるような笑い声が落ちてきた。心底楽しげな彼が、目尻に滲んだ涙を拭う。

「……真面目な雪子さんも、大胆な貴女も、時折面白いところも、全部好きですよ。幼い頃から知っている相手だからという理由では諦めきれないほど……いや、むしろよく知っている女性だからこそ、どんどん変わり鮮やかに咲き誇る雪子さんに、僕は心惹かれずにいられないのかもしれません」

全て知っているつもりでも見たことがない面に触れるたび、恋をするから——そう囁かれ、胸がいっぱいになった。

甘い痛みで、息が止まってしまいそう。仮に今死んだとしても、何も悔いはないと思えた。

「……来てください、蓮治さん……」

雪子は蓮治の背中に両手を回し、息を整える。

視線は合わせたまま。ゆっくりと彼が腰を押し進め、蜜口を剛直で抉《こ》じ開けた。

「……っ」

たっぷりと濡れそぼっていても、やはり痛い。

指や舌とは比べものにならない質量に、隘路が引き裂かれる。

無垢な蜜洞は異物の侵入を拒むらしく、蓮治が強引に腰を進めても、雪子の媚肉は固く閉ざされたままだった。

「……っ、雪子さん、力を抜いていただけますか」

「や、ぁ……っ、分からない……っ」

痛みで、全身が強張る。話には聞いていたが、これほどとは。

大人が横になれる場所は確保していても、所詮ここは狭い納戸の中。上へずり上がるにも限度があった。

それ以前に、雪子は少しも逃げたいとは思えない。

痛くて呻きが漏れそうな唇を引き結び、必死に堪える。痛みに歪む自分の顔を、彼が真剣な面持ちで見ていることは重々承知していた。

優しい蓮治のことだから、あまりにも雪子が苦痛を訴えれば、きっとこの行為をやめてしまうだろう。それだけは避けたいと思い、全身全霊で我慢した。

痛くて、辛い。身体が引き裂かれてしまいそう。

だがそれすらも彼がくれるものだと思えば愛おしかった。

今だって蓮治は、雪子の呼吸が整うのを待ってくれている。震える肌を撫で摩り、何度も接吻を重ね、労わってくれた。

その視線や手つきに、紛れもない愛情を感じられる。この人が誰よりも好きだと自覚するほど、雪子の下肢の激痛は鎮まっていった。

「……息を吐いて」

「……っ、はい……」

鼻をすり寄せて、柔らかな声を注がれた。

彼の手が、繋がり合おうとする場所の少し上、敏感な淫芽に添えられる。すっかり快楽が引いてしまったと思っていたそこは、愉悦の味を忘れていなかったらしい。

蓮治の指で優しく転がされると、たちまち快感を呼び覚ました。

二本の指に捏ね回され、膨れた肉芽がぷるぷると弾かれる。

痛苦により遠ざかっていた悦楽がよみがえり、蜜襞がざわざわと蠢いた。

「ぁ、ん……」

「声が仄かに甘くなりましたね」

ホッとした様子の彼に囁かれ、雪子の身体からいっそう力が抜けた。力がこもっていた腿や腹、腕までもゆるりと解ける。

緩やかな快感が首を擡《もた》げ、新たな蜜が肉洞を潤わせた。

「……雪子さん、すみません。少しだけ耐えてもらえますか？」

答えは『はい』しかない。

これは雪子自身が望んだ痛み。だとしたら喜んで受け入れられた。

そっと息を吐き、蓮治と片手を繋ぐ。深く指を絡ませ合えば、何だか心まで繋がった気がした。

「必ず、僕が守ります」

「……ぁ、アッ……」

ずずっと長大な質量が蜜壁をこそげた。到底大きさが合わないと思われる肉槍に、陰唇が目一杯広げられる。濡れ襞がゴリゴリと擦られ、絶大な痛みを呼んだ。

「い……っ、ぅっ」

真っ二つに引き裂かれそう。縋れるのは眼前の蓮治だけ。

雪子は夢中で彼を見つめた。

眼は閉じたくない。自分を求め、官能的に眉根を寄せた男の顔を、見逃したくなかった。

歯を食いしばり汗を滴らせる蓮治の凄絶な色香を忘れないため、必死になって双眸を見開く。

妹や同僚止まりでは、絶対に眼にすることが叶わない表情。贅沢な時間。麗しい顔が朱に染まり切なげに歪むのを、至近距離で存分に堪能する。しかしそれは、当然自分も彼に見られているということに他ならなかった。

「……っ、大丈夫ですか？　雪子さん……っ」

二人の腰がぴたりと重なる。彼の全てを呑み込めたことが誇らしい。激痛に喘ぎつつ雪子は至福を味わった。

「平気、です……」

「……泣かせたくは、なかったのに……」

目尻を濡らす滴を掬い取られ、ぞくんと下腹が戦慄いた。痛みは変わらずにある。それでも、雪子のもっと奥から違う感覚が生まれていた。

「ん……ん……っ」

「動いてもいいですか？」

「聞かないで、くださ……っ」

優しすぎる蓮治が、今この瞬間ばかりは恨めしい。答えにくい質問をしないでほしくて、雪子は拗ねた口調で返した。

「駄目だと言ったら、どうするんですか……？」

「そうしたら、雪子さんが許してくれるまで、ずっとこうして繋がっていましょうか」

「え……っ」

冗談とは言い切れない、どこか悪辣な笑みに、きゅんっと子宮が疼いた。

滴り落ちそうな男の色香で、酔ってしまったらしい。雪子の判断力は曖昧になり、彼のこと以外何も考える余地がない。

絡めていた指先で、意味深に蓮治の肌を擽ることしか、雪子には何もできなかった。

「……っ、やっぱり貴女は『悪い子』だな。不用意に男を煽るのはやめた方がいい。でないと、僕みたいな最悪の男に捕まりますよ」

「れ、蓮治さんは最悪なんかじゃありません。最高の人です……！」

自分には彼以外考えられないのに、いったい何を言っているのだろう。

そんなことよりも口づけが欲しい。言葉にできない雪子の願望はだだ漏れだったらしく、蓮治が上体を倒して接吻してくれた。

「ん……っ」

そのまま、緩々と彼が腰を前後させた。

未熟な蜜路は、まだ硬く痛みを訴える。けれど、痛苦はもはや幸福の象徴でしかなかった。

大好きな男を自らの身体に受け入れられた歓喜。愛しい人に宝物の如く扱ってもらえる至福。言葉にせずとも叶えられる望みに、陶然とした。

「ぁ、あ……っ」

ぱちゅんぱちゅんと淫水を攪拌《かくはん》し、肌がぶつかり合う音がする。そのたびに雪子の身体が揺さ振られ、視界が上下にぶれた。

二人分の荒い呼吸が納戸の中に降り積もる。発する体温のせいで、室内はとても暑い。いや、体内から燃え上がりそうなほど、互いに発熱していた。

「ぁ、あああ……ッ、蓮治、さん……っ」

「雪子さん……っ」

深く楔を突き入れられると、内臓が押し上げられるようでまだ辛い。だが蜜洞を何度も往復されるうち、得も言われぬ法悦の萌芽があった。

きゅうきゅうと隘路が戦慄く。愛しい男の剛直を扱き、精を強請るために。

「……ぁ、あんっ、蓮治さん……！」

突き入れられたまま腰を回されるのは、快楽と痛みを伴う。けれど最奥を小突かれるたび、その先にある子宮の存在を思わずにはいられなかった。

母親の血を継ぎたくないと言った彼の闇はあまりにも深い。軽々しく雪子が口出しできる傷ではないだろう。

しかし雪子を掻き抱きながら狂おしく求めてくれる蓮治となら、乗り越えられる気がした。

——蓮治さんが私を恐ろしいものから守ってくれるなら……私も彼を助けたい。何ができるかはまだ分からない。それでも絶対に離れないと誓う。

蓮治と同じ律動を刻みながら、雪子も拙く腰を動かした。

床に敷いた着物がずりずりと前後する。薄暗い密室で淫猥な音が響いた。まだ他の皆は働いている時間帯だと思えば、罪悪感が有り余る。けれどそれ以上に圧倒的な喜悦に呑み込まれた。

「ぁ、ああ……っ、ひ、ぁああ……っ」

奥を穿《うが》たれ、涙が溢れる。苦しさだけが理由ではない。あまりにも幸せで心がいっぱいになったためだ。

「雪子さん……っ」

次第に彼の動きが速くなる。切羽詰まった腰遣いに、打擲音《ちょうちゃくおん》も淫らさを増した。

荒くなった抽挿に振り落とされまいと、雪子は懸命に蓮治に縋りつく。躍動する背中の筋肉が愛おしさを駆り立てた。

汗まみれの身体が滑り、互いの手足を絡め合う。喘ぎしか漏らさない唇は、まともな言葉を紡げなくなった。

「……ぁあ……っ」

雪子の体内が蠕動《ぜんどう》し、意識が高みに放り出される。感じた絶頂は、先ほどの比ではない。

あまりにも激しくてビクビクと痙攣する雪子の内側を、彼は鋭く穿った。

「……っく」

潜めた声は、掠れてより卑猥に響いた。

爆ぜる直前、蓮治が身体を引く。雪子の腹から胸にかけ、生温かい白濁が飛び散った。

――ああ……中に出してくれたら、もっとよかったのに……。

彼の子種を内側で受け止められたとしたら、それはとても素敵なことだろう。未来に繋がる夢を見られる。けれど、雪子の肌を汚した体液を、蓮治が丁寧に拭ってくれただけでも、今はよしとしよう。

そして疲れ切った自分の身体を、彼が壊れ物のように抱き寄せてくれただけで充分だ。

一抹の切なさを抱え、雪子は蓮治の腕の中で眼を閉じた。

呼吸の整わない身体を、撫でてくれる手が優しい。合間に口づけてくれ、下腹に残る鈍痛も癒されていった。

この人と離れたくないと強く願う。この先、どんなに辛いことがあったとしても――

「……雪子さん、僕と一緒になりましょうか」

「……え？」

今まさにこうして一緒にいるのに、何を改めて言われているのか、告げられた意味が本当に分からなかった。

雪子は無為に瞬き、眠ってしまいそうだった瞳を開く。

「あの……？」

「僕と正式に夫婦になりませんか。……貴女が頷いてくれるなら、僕は旦那様に全て正直に話します。そして雪子さんを僕だけのものにしたい」

「蓮治さん……っ」

あまりの驚きに、頭が回らなかった。つい先刻、物寂しさを感じたばかりだ。自分に対する彼の気持ちを疑ってはいなくても、婚姻を本気で考えてくれているとは夢にも思っていなかった。

全ては『いつか』のずっと先の話だと思っていたのだ。

「どうして、急に……も、勿論私は嬉しいですけど……っ」

断るつもりは端からない。むしろよろしくお願いしますと三つ指をついて頭を下げたいくらいだった。

「雪子さんを取り巻く事象を解決するには、それが一番いいと思います。それに……僕も貴女を得体の知れないものに奪われたくない。他の男に掠め取られるのも嫌です。ですから、完全に自分のものにしてしまいたい」

「蓮治さんは、何か知っているのですか……？」

雪子を追い詰めるものの正体を。怪異の原因を。妙に確信を持った言い回しには、そんな可能性が感じられた。

「――まだ確証はありません。本来であれば、あれは外に漏れるものではなかったはず。きちんと管理され、執り行える者が決まっていました。その上、厳格な掟《おきて》があるのです。けれど何者かが枠から逸脱した――許されざることです」

「……？　いったい何のお話ですか……？」

陰鬱な表情で語った彼は、雪子の問いに苦笑で応えた。

全てを話すつもりはないらしい。それはまだ、蓮治の言う『確証』がないからなのか。それとも人には言えない内容だからか――

「……雪子さん、そんなことよりも返事は？　僕の、妻になってくれますか？」

答えをはぐらかされたのかもしれない。けれど。

「そんなこと、決まっています……っ、喜んで、蓮治さんに嫁ぎます……！」

横たわったまま雪子が思い切り彼に抱きつくと、蓮治が優しく包み込んでくれた。分かち合う温もりが心地いい。二度と離れたくない。離れまいと心に誓った。

「ありがとうございます。雪子さんの花嫁衣装が、今から楽しみだな……――数日、時間をください。色々調べて……それから僕が旦那様に話をします」

「待っています。何日だって待ちます。――でも、もし旦那様の許しがもらえなかったら……」

「そのときは、二人で逃げましょう。どこでだって、雪子さんがいてくれれば僕は平気です。貴女に苦労をかけません」

揺らがない意思が滲む声ではっきり言われ、雪子は歓喜に震えた。

十七年間生きてきて、こんなに幸福を感じたことはない。幸せすぎて、眩暈がする。

蓮治と夫婦になれるなら、生活が苦しかろうが二度と家族と会えなかろうがかまわない。

今更、田舎に戻って好きでもない男に嫁ぐなど考えたくもなかった。

――愛しています……この世の誰よりも。貴方だけを――

「ええ、ええ。どこまでもついていきます」

ぼろぼろと涙が溢れる。

雪子は蓮治の腕の中で、悪夢が入り込む余地のない穏やかな眠りに落ちていった。

第五章　祝言

ああ、何て可哀想な子。

どうして、私を置いて逝《い》ってしまったの。まだこれから先、楽しいことがたくさんあるはずだったのに。あまりにも早すぎる。

泣くな、泣くな。現実は覆らない。

あなたは冷たい。いつもそう。

大丈夫だ。私に任せておけ。何もかもいいように取り計らってやる。そうすれば、あれの魂《たましい》も救われるだろう。

どうすると言うの。あなたに何ができるの。どうせ口先ばかりでしょう。

昔聞いた方法を試す。上手くいけば全てが丸く収まるぞ。大丈夫だ。心配するな。私にはそれができるだけの資格と素質があるとあの女が言っていた。これが成功すれば、あれのために可愛らしい花嫁が得られるぞ――

ええ、そうね。妙案だわ。迎えに行きましょう、花嫁を。

ああそうだ。準備を整え、逃げられないよう捕まえよう。迎え入れるぞ、花嫁を。

可愛い可愛い我が子のために――

※※※

雪子が眼を覚ますと、暗闇の中だった。

ひょっとして、蓮治に抱かれた後そのまま納戸で眠り、夜になってしまったのか。

一瞬そう思ったものの、それにしても暗すぎる。

いつもなら建付けが悪い板壁から、月の光が差し込んでいるのに、それが一切ない。今夜は雲が多い夜だっただろうかと漆黒の闇の中、そろりと手を伸ばした。

だが、何も触れない。

周囲に積まれているはずの箱や荷物を探ろうとしたのに、指先が届く範囲には何もなかった。

――え？

たまたま開いた空間に手を出してしまったのか。雪子は両腕を広げ、微かな光もない墨色を慎重に掻いた。何故か、妙に動きにくい。

――何も、ない？

そんなはずはないのに、大きく両腕を開いても何一つぶつかるものがなかった。

――蓮治さんが納戸の中をまた片付けてくれたのかしら……

雪子が眠っている間に、よりゆっくり休めるよう配慮してくれたのかもしれない。そして仕事に戻ったのか。

――だったら起こしてくれればよかったのに……

どうやら今の自分はきちんと着物を着ている。脱がすのは手間取っていたものの、彼が一所懸命着付けてくれたのかと思うと、胸がほっこりと温もった。とは言え、少々帯が苦しい。しかも羽織を貸してくれたのか、普段の雪子よりもかなり厚着になっているようだ。

――それにしても、暗いな……これじゃ下手に立ちあがったら危ないかも……

雪子は仕方なく、四つん這いの状態で出口を探そうとした。片手を床につき、もう片方の手を前方に伸ばそうとしたとき。

「あれ……？」

奇妙な違和感を覚えた。

眠りに落ちる前、自分たちは床に着物を敷いた状態で抱き合っていたはずだ。そして今は脱ぎ捨てたものを身に着けている。ならば当然、冷たい床板の上にしゃがみ込んでいなければおかしい。

それなのに、下についた手が感じ取ったのは、どう考えても畳の感触だった。

——どういうこと……？

いつの間にか女中部屋に寝かされていたのか。蓮治が気を遣って、意識をなくした雪子を運んでくれた可能性は否めない。だがだとしたら、あってしかるべきものがここには欠けていた。

——こんなに暗いのなら、深夜に違いない。それなのに何故、美津や登和さんの寝息が聞こえないの……？

普段なら、鼾や歯軋《はぎし》りだって聞こえてくる。なんなら寝相の悪い美津の手足が飛んでこなければおかしい。

だが狭い室内一杯に敷かれているはずの布団の感触もなかった。

——ここは、どこ……っ？

ぼんやりとしていた頭が回り出す。雪子はてっきり蓮治と幸福な眠りについた直後だと思ったけれど、何かが違う。『抜け落ちて』いる。

記憶に断層を感じ、慌てて忘れているらしきことを思い出そうとした。

——そうだ。あの後、蓮治さんと別れて——

時刻は夕刻になっていなかった。落ち着きを取り戻した雪子は仕事に戻ろうと思い、きちんと身なりを整えるために女中部屋へ戻りかけ――

『雪子、登和から聞いたわ。貴女、夢見が悪くて納戸で寝泊まりしているそうね。身体のためによくないわ』

何故か離れにいた久子に呼び止められたのだ。

言葉だけなら、こちらを気遣ってくれる優しいもの。しかし普段の甲高い叱責《しっせき》とはまるで違う猫撫で声は、気味の悪いものでしかなかった。

静まり返った離れで、湿気を含んだ空気が淀んでいる。

数時間前に総一郎の部屋で別れたきりの彼女は、微笑《びしょう》を貼りつけたまま近づいてきた。

そのときの雪子の気持ちを赤裸々《せきらら》に表現するなら、『怖気が走った』だ。

理由は分からない。どちらかと言えば友好的に声をかけられたのに、気色悪さが際立っていた。肌が粟立ち、総毛立ったのが身体の正直な反応。

雪子は逃げ出したい心地を抑え、久子に向き直った。

『同部屋の二人に気を遣っているなら、いい方法があるわ。いらっしゃい。特別に雪子のための部屋を用意してあげる。遠慮はいらないのよ。貴女は大事な■■相手だもの。ほらいらっしゃい。――遠慮するなと言ったでしょう。――いいから来なさい。――私の言うことが聞けないの？　――来いと言っているのよ！　――早くしろ！』

次第に尖る声と荒くなる言葉。吊り上がっていく彼女の眼が恐ろしくて雪子の腰が引くと、手首を摑まれ強引に引きずられた。

振り解けない。万力《まんりき》で締めつけられたよう。

中年女性の力とは思えぬ握力で、手首の骨を砕かれるかと思った。

痛いと半泣きで訴えた覚えがある。しかし微塵も気にした様子のない久子に、廊下をグイグイと引っ張られた。向かった先は母屋。

また総一郎の部屋へ行けと言われるのかと、雪子は嫌な予感に身が竦んだ。あそこにはもう足を踏み入れたくない。少なくとも、不気味な絵が残されている間は。

けれどあの部屋の前を通り過ぎ、更にその先へ連れて行かれた。

まだ雪子が立ち入ったことのない奥。行き止まりだと思っていた先には、隠し戸が設けられていた。

奥様放してください――――と懇願した自分の声がよみがえる。異常を感じ、誰かに助けを求めたかった。けれど人っ子一人どこにもいない。

不気味なほどの静寂。雨も降っていないのに、奇妙に床がべたついた。

現実感が希薄になる。夢と現が混じり合う。どうして誰もいないのだと叫んだ雪子の声は、情けなく掠れた。

開かれた隠し戸の奥は、先が見通せないほど暗く長い階段が続いており、静まり返った邸内で、存在すら知らなかった階段を延々と下りていく。

足元が滑るのは、地下水が滲んでいるからか。濁った空気は、ほとんど換気されていないことが窺えた。

『――よく眠れる部屋があるわ。そこでゆっくり休みなさい。あらあらおかしな子ねぇ。そんなに泣いて喜んで……貴女はうちの大事な使用人だもの、このくらい当然のことよ。ほらいらっしゃい――』

放してください。お願いします。

噛み合わない会話は、地下に下りるほど齟齬《そご》が酷くなった。

久子には、雪子の拒絶がまるで伝わらない。こちらの恐怖も嫌悪も、なかったことにされた。

己の言葉が届かないことに絶望し、雪子の声が次第に小さくなる。いや、叫びすぎたせいで喉が嗄《か》れてしまったのかもしれない。

抵抗に疲れ切った頃、ようやく全ての階段を下り終えた。

久子の持つ洋灯《ようとう》がなければ、辺り一面漆黒の闇だろう。揺らぐ焰の光が映し出した光景に、雪子は息を呑んだ。

『貴女も気に入ってくれるといいのだけど』

井澤家の地下にあったのは、畳が敷かれた六畳ほどの部屋。中には座卓や寝具、鏡台に箪笥《たんす》まで置いてある。部屋の片隅には厠らしき場所も造られ、暮らすには充分どころか、女中部屋よりずっと広く上等だった。

建具はどれも新品ではない様子だが、高級品であることが窺える。女性好みの螺鈿細工《らでんざいく》が、惜しげもなく使われていた。

だが、そんなことはどうでもいい。問題は室内がどうこうという話ではないのである。長い階段を下りて来て、すぐに部屋の中が見通せた理由は一つ。襖や板戸、障子《しょうじ》の類《たぐい》が何もなかったせいだ。勿論、壁も。けれどまったく仕切られていないわけではない。

岩を掘り抜いたのか、部屋の三面は自然の岩肌を壁として流用していた。だが残る一面には見慣れないものがある。

普通に生活していれば縁がないもの。

田舎で貧しくても平和で穏やかな暮らしを営んできた雪子は、一度も目にしたことがない禍々しい檻。丈夫そうな木で組まれた格子がこちらとあちらを隔てている。

さながら此岸と彼岸を分けるかの如く――

――座敷牢……

『きっと気に入るわ。だって雪子は総一郎さんの妻になるのだから』

愕然とした刹那、雪子は頭部に衝撃を感じ、膝から崩れた。

地べたに倒れ込み、意識を手放す直前、自分の背後に見えたのは――

「――思い出した……」

あれからどれだけ時間が経ったのか。記憶がよみがえった瞬間、頭がズキズキと痛んだ。

どうやら強かに殴られたらしく、触れると瘤《こぶ》になっている。出血している様子はないが、失神している間に、雪子はあの座敷牢の中に閉じ込められたようだ。

ずりずりと暗闇を這いずって、手に触れたのは木製の格子。それを辿って横に移動していけば、角を曲がった先が岩肌に変わったので、間違いない。

およそ認めたくはないけれど、雪子は自分が囚われたことを悟った。

「どうして……」

理解できない。しかも雪子が意識を失う前、久子が口にしていた意味がまるで分からなかった。

――私が総一郎様の妻になるってどういうこと……っ？

彼は亡くなったはずだ。それは間違いない。自分も葬儀に立ち会ったし、主夫妻の嘆きが偽物であったとは思えない。総一郎が棺桶に横たわる姿も、埋葬された墓も見た。

だとしたら、考えられる答えは一つだけ。

「……死者の花嫁になれと言うの……っ？」

自分で口にして、ゾッとした。全身が震え、体温が下がる。恐ろしくなって身を縮こませれば、雪子は今身に着けている着物が木綿とは肌触りが違うことにようやく気がついた。

――これは……絹？

自分が一生働いても、およそ手が届かない代物だ。しっとりと肌に馴染み、かつ張りがある布地。明るいところで見れば、おそらく素晴らしい光沢を放っていることだろう。

「何故……っ？」

おかしい。何もかもが狂っている。だがそれは雪子自身が正気を失っているせいかもしれない。いったい何が本当に正常なのか判然とせず、恐怖が膨らみ増殖した。

――狂っているのは私？　それとも……

「――起きているようだな、雪子」

「……っ！」

先ほど下りてきた階段付近で明かりが揺れ、暗闇に慣れていた雪子の双眸が痛みを訴えた。強く眼を閉じ、それでも咄嗟に後退る。部屋の中央付近まで下がり、恐る恐る瞼を引き上げた。

「旦那様……」

主人の隣には久子が立っていた。つまり夫妻揃ってこの場にいるのである。それは雪子をここへ連れてくることに、二人ともが関わっていた証拠に他ならなかった。

そもそも、自分を背後から殴ったのは、松之助だ。意識を失う直前、はっきりとこの眼で見た。

「……あなた、本当にこの子でいいの？　さっきも申し上げましたけれど、この子ったら身体のあちこちにいやらしい痣を残しているのよ。清楚そうな顔をして、とんだ食わせ者だわ……っ、汚らわしい……！」

久子の言葉に、雪子は自分を着替えさせたのが彼女であることを悟った。その際に、蓮治が刻んでくれた『所有の印』を見られたことも。

勝手に身体に触られ見られたことも不快だが、何より罵られる謂《いわ》れはない。雪子にとって全身に散った赤い花弁は、とても大切なものだ。汚らわしいと貶められるのは、到底納得がいかなかった。

胸の前でぎゅうっと手を握り込み、洋灯《ようとう》の明かりで己の纏っている着物が真っ白なものだと知る。それも、思った通り絹で作られた上質なものだ。しかも純白の糸で見事な刺繍《ししゅう》が施されている。よくよく見下ろしてみて、それが花嫁衣装だと気がついた。

――――何……？　これは……。

「今更、ごちゃごちゃ言っても仕方がないだろう。総一郎はこの娘を気に入っていたし、突然姿を消して騒ぎにならないちょうどいい相手が他に思いつかん。多少の妥協はしなさい。だいたい身体なんて必要ないだろう。大事なのは魂《たましい》だぞ。容れ物の器など、すぐに脱ぎ捨てるのだから――――」

表情の抜け落ちた主夫妻の顔が、炎に照らし出される。

下から光が当たっているせいで、いっそう不気味に見えた。雪子は震える身体を叱咤して、畳の上をじりじりと後ろに下がる。

　先ほどから冷や汗が止まらない。耳鳴りも酷い。暗闇の圧に押し潰されそう。暴れる動悸が苦しくて、震える喉に力を込めた。

「何を……おっしゃっているのですか……」

「妻《めと》も娶らず死んでしまっては、総一郎が浮かばれない。一人前の男として、伴侶くらい迎えねばな。生前は間に合わなかったが、今からでも遅くないと思い出したのだ」

「い、いったい何を、思い出したとおっしゃるのですか……っ？」

　恍惚《こうこつ》とした様子で語る松之助は、雪子と会話しつつもこちらを見ていなかった。もっとどこか遠くを見つめている。焦点の合わないその様は、以前にも目撃した覚えがあった。

　わけの分からないことを喚く久子に、摑みかかられたときと同じ。夫婦揃って調律の崩れた眼差しをさまよわせていた。

「……ひ……っ」

「――『冥婚《めいこん》』の方法だ。……ああ、学のないお前に言っても分からないか……一部地域では、そういう風習がある。若くして未婚で亡くなった者の魂を鎮めるため、遺族が伴侶を用意するのだ。通常は架空の人物だがな……私はずっと昔に、『実在する人間』で儀式を行う方法を教えてもらったことがある。雪子、お前は総一郎の妻に選ばれたのだぞ。誇りに思いなさい」

悲鳴は、喉奥で掠れた音になった。

言われた意味が半分も理解できない。否、したくない。狂った論理を掲げられ、何に頷けばいいのか、さっぱり分からなかった。まして喜べと言わんばかりの言い草には吐き気しか催《もよお》さない。

雪子は混乱しつつも夫妻を睨《にら》みつけた。

「わ、私は了承した覚えがありません……！　総一郎様の件は同情していますけれど……っ、でしたら架空の方を妻に迎えてくださいい……っ」

「貴女、口を慎みなさいなっ！　私の総一郎さんを何だと思っているの？　実在しない人間をあの子に宛てがうなんて……ああ考えただけで泣けてくるわ！　総一郎さんは、誉れ高い井澤家の跡取り息子よ？　むしろお前如きが妻になれるなんて、伏して願い出るべきでしょうっ！」

ぶるぶると震えながら、久子が怒鳴った。仮初《かりそめ》でも落ち着いた様子が、今は完全に失われている。歯を剝き出しにして眼を見開いた顔は、とても裕福な商家の奥方には見えなかった。

「落ち着きなさい、久子。あの娘もまだ混乱しているんだ。まさか卑しい自分が井澤家の嫁になれるとは、思ってもいなかったのだろう。理解できるまで時間がかかっても仕方がない」

「でもあなた、今夜こそ、二人が結ばれるはずでしょう……？　もうこれ以上待ちきれないわ。総一郎さんに申し訳なくて……」

「心配するな。全ては聞いた通りに事が進んでいる。明日の朝になれば、婚姻は完全なものになる」

まるで茶番。眼の前で繰り広げられる喜劇に、雪子は言葉が出なかった。未だ現実感が乏しいせいかもしれない。殴られた頭がズキズキと痛み、判断力が損なわれていた。

「よかった。やっとね。長かった……でもこれで総一郎さんも喜んでくれるわ！」

笑顔になった久子を抱き寄せ、松之助が感慨深げに何度も頷いた。こちらには一瞥もくれない。

雪子のことなど、心底便利な道具程度にしか思っていないのだろう。女中も一人の人間であるとは、考えもしないに違いない。

同じ場所にいて、同じ言語を操っていても、まるで世界が隔たれている気分だった。

「――雪子、明日の朝また来る。今夜は息子とお前の初夜だ。存分に楽しんでくれ」

「だ、旦那様……っ、待ってください、こんなことはおかしいです。お願いします、私をここから出して……！」

「きちんと総一郎さんに仕えるのよ。妻として、夫に従いなさい」

下卑た嗤いを残し、夫妻は階段を上がっていった。残された雪子の叫びを、聞いてくれる者はいない。いくら泣いても暴れても、全ては硬い岩肌に跳ね返されるのみ。地上まで届くわけがなかった。

唯一の光源であった洋灯を持ち去られたので、漆黒の闇が訪れる。吸い込む空気さえ黒々とした、どろりと粘度のある牢の中、雪子は呆然として座り込んだ。

周囲に何があるか分からないので、迂闊に動けない。

それ以前に心が怯え委縮《いしゅく》して、身体がまともに動かせなかった。指一本でさえ、不用意に動かせば、得体の知れない何かに触れてしまうのではないかと怖くてたまらない。呼吸すら慎重になる。

――どうして……こんなことに……

目覚める前までは幸せだった。

蓮治と将来を誓い、不安はあっても輝く未来に思いを馳《は》せていたのに。

これまで自分を襲っていた怪異。たくさんの違和感。感じていた恐怖の全てが、集約された。全部を理解できたわけではないが、悪夢や鈴の音、不気味な気配は全て、『冥婚』とやらのせいだったのだろう。

そしてもう一つ、雪子には分かったことがある。

――このままここにいては、今夜限りの命になる……

明日の朝、おそらく自分は骸《むくろ》を晒す。理屈ではなく直感が、雪子に警鐘を鳴らした。

「……でも、だったらどうすればいいの……！」

一片の光も差さない座敷牢に囚われた自分は、あまりにも無力だ。震える身体を叱咤し、這いずって格子を確かめたけれど、無情にも南京錠《なんきんじょう》で閉ざされていると理解できただけ。揺すっても叩いても、びくともしない頑丈さだった。

できることなど何もない。八方塞がりだ。喉が潰れるまで叫んだところで、助けはこないと肌で感じる。

――ああそれに……私の相手が蓮治さんだと奥様が知ったら、大変なことになるのではないの……？　どうしよう。万が一あの人にまで災禍が及んだとしたら……！

そんなことになるくらいなら、助けは期待しない。むしろ彼には、雪子のことなど知らぬふりをして逃げてほしい。

――こんな恐ろしい家からは、どうか逃げて……蓮治さん……！

願うのは、我が身よりも彼のこと。死にたくないと思う以上に、雪子は蓮治の無事を祈った。

そのままどれだけ時間が経ったのか。

暗闇の中、膝を抱えて座り、丸くなっていた雪子の耳は、人の足音を拾った。

ひた、ひた、ひた。

耳に痛いほどの静寂でなければ、気がつかなかったかもしれない。それほどごく小さな物音だった。

けれど確実に誰かが階段を下りてくる。

――旦那様……っ？　いいえ、それなら奥様も一緒に来られるはず。だけど足音は一人分だわ。それに何より――

明かりが揺らがない。

彼らであれば、当然洋灯を掲げているはずだ。そうでなければ、足元が危ない。けれど今、階段がある方向からは、仄かな光も漏れてこなかった。

「……っ」

ぞわっと雪子の全身が総毛立つ。

普通の人間が真っ暗闇の中、動き回れるはずがない。だが一段一段階段を踏みしめる足音は、特別速くはなくても、迷うそぶりが微塵もなかった。

つまり『見えて』いるとしか思えない。さもなければ、どんな闇でも照明を必要としない『何か』だ。

雪子は、叫びそうになった己の口を、咄嗟に塞いだ。涙目になりつつ、音を立てないよう尻で後退る。格子から離れ、部屋の中央付近で自分の身体を強く抱き締めた。

――まさか、総一郎様……っ？

今夜は初夜だと、松之助が言っていたことを思い出す。雪子の中で、悍ましい妄想が一気に膨れた。

死者が自分を迎えに来たとでも言うのか。頭ではそんな馬鹿なと即座に否定したものの、眼は瞬きもできず見えもしない暗がりを凝視する。

戦慄く手足が畳や絹に擦れ、密やかな音を立てた。その微かな衣擦れの音を目印にしたかのように、階段を下りきったらしい足音が、まっすぐこちらに近づいてくる。

――怖い、嫌……っ、一緒になろうと言ってくれたのに……蓮治さん……っ！

涙が滲み、恐怖で吐き気が込み上げた。

もう逃げられない。『あれ』に捕まってしまう。どんなに足掻いても、無駄だった。死が喉もとに突きつけられる。

雪子が固く身を縮めた瞬間、『何か』が格子に触れた。

「――雪子さん、そこにいますか？」

「え……っ」

それはここにいるはずのない人の声。だが誰よりも会いたくて、かつ逃げてほしいと願った相手。

「蓮治……さん？」

「ああ、よかった。無事ですか？　今鍵を開けます」

ホッとした様子の彼の声を、聞き間違えるはずはない。

けれどどうしても信じられなかった。何故なら、蓮治がここを突き止められるとは思えないからだ。普通座敷牢など、その屋敷に住む家族の中でも、当主などの一部の者しか存在を知らないだろう。

百歩譲って承知していたところで、あの隠し扉をどうやって通り抜けたのか。あそこは、主人家族の居室の先、屋敷の奥まった場所にひっそりと作られていた。誰にも見つからず侵入できるとはとても思えない。

しかも鍵の入手はもっと困難に決まっている。

――それに、蓮治さんはここの造りをよく知っていたみたい……でなければ何故明かりが一切ない中で、迷うことなく動けたの……？

疑問が尽きない。何かが奇妙だ。

蓮治が持って来たらしい蝋燭《ろうそく》に火を灯し、彼の姿が闇の中に浮かび上がっても、雪子はまだ眼にしているものが幻ではないかと疑っていた。

「……何故、ここに……？」

「勿論、雪子さんを助けに来ました。旦那様の様子がおかしいので、後をつけたらこんなことになっていたなんて……遅くなってすみません。皆が寝静まるまで待っていたものですから――下手に明かりをつければ見つかる危険が高まりますし、怖がらせてしまいましたか？」

だが抱いた疑問など、彼が自分のために危険を冒して助けに来てくれたという歓喜の前には紙屑同然だった。

床に置かれた蝋燭の明かりを頼りに蓮治へ駆け寄り、雪子は格子越しに手を握り合う。冷えていた指先に熱が巡り、涙が溢れた。

「蓮治さんこそ、危なくはありませんか？　旦那様たちの様子が変なのです。だから早く逃げてください……！」

「逃げるときは、雪子さんと一緒です。そう約束したでしょう？」

穏やかに微笑まれ、胸が一杯になった。

雪子は自分がもう駄目だと諦めた時点で、どうにか彼だけでも無事でいてほしいと心から願った。けれど、本音では助けに来てほしいと望んでいたのだと、自覚する。

そんな身勝手な願望を、蓮治は当たり前のように叶えてくれた。一歩間違えれば、自分だって危険に晒されてしまうのに、雪子のためだけにこうして命を懸けて。

それだけでもう、この上なく嬉しかった。

「蓮治さん……！」

「――――よし、鍵が開きました。雪子さん、外へ出てください。……ああ、こんな状況でなければ、貴女の花嫁姿を堪能できるのに……他の男のための装いだと思うと、今すぐ全部脱がしてしまいたい――――」

「蓮治さ……っ、んんっ」

雪子は身を屈めて狭い出入り口から外に出た瞬間、彼に強く抱き締められた。

それだけではなく、強引に口づけられる。

荒々しい舌遣いで口内を弄られ、呼吸を奪われて恍惚とする。苦しいのに、気持ちがいい。粘膜を擦り合わせ歯列を辿れば、ようやく愛しい人が救いに来てくれたのだと、本当に実感できた。

「ん、ふ……ぁ」

「――雪子さんの花嫁衣装は素晴らしいですが、これでは動きにくいでしょう。打掛だけでも脱いでもらえますか？」

濡れた唇を拭いながら言う蓮治の眼には、明らかに妬心の焔が揺らいでいた。その生々しい男の嫉妬に、雪子の胸が高鳴る。大きく頷いて、見事な刺繍が施された打掛を惜しげもなく脱ぎ捨てた。

「掛下もいりません。こんなに裾を引きずっていては、走れませんもの……！」

彼を不快にさせる着物など、一瞬たりとも身につけていたくない。文庫結びにされた帯を解き、肌襦袢《はだじゅばん》と長襦袢だけの姿になる。言わば下着だが、見るのが蓮治だけなら問題はない。

それに雪子自身、望まぬ花嫁衣装を一刻も早く脱ぎ捨ててしまいたかった。

「いつもは控えめなのに、こうと決めたときの雪子さんは驚くような行動力がある」

薄着になった雪子をもう一度抱き締めてくれる腕が熱い。その熱を堪能し、互いに深呼吸した。

「――――行きましょう。足元に気をつけて」

彼に手を引かれ、蝋燭の明かりだけを頼りに前へ進む。だが、少しも怖くはなかった。蓮治がいるだけで、雪子の恐怖は薄らいでしまう。それどころか、前向きな気分になれた。人の狂気や怪異などに負けはしないと、戦う力が湧いてくる。意味の分からない理由で、勝手に縁組などされたくない。自分が恋焦がれるのは、一人だけ。

今隣で支えてくれる彼にしか、嫁ぎたくないと改めて思った。

雪子を導いてくれる手に、絶大な信頼を寄せる。この人とならば、きっとどんな困難も乗り越えられる。食うのに困るほど生活が困窮しても、二人一緒なら堪え忍べると信じられた。そして必ず幸せになる。自分も、彼も。

「絶対に僕の手を放さないでください」

「勿論です、蓮治さん。私はどこまでも貴方についていきます……！」

物音を立てないよう神経を張り巡らせ、階段を上がっていく。

隠し扉を開き母屋の建物内に戻れば、彼が蝋燭を吹き消した。

夜が濃くなる。繋いだ手を更に強く握り締めた。

「ここからは月明かりを頼りに行きましょう」

「はい――」

「――ふざけるな。どこへ行くつもりだ」

「……っ!!」

深く頷いた雪子の眼に、鬼の形相で佇む松之助が映った。その後ろには久子もいる。

二人とも眦が吊り上がり、醜《みにく》く歪んだ顔をしていた。

――見つかってしまった……!

「お前……蓮治！　せっかく目をかけてやったのに、よくも私を裏切ったなっ？　いつの間に牢の鍵を盗み出したんだっ！」

「うちの嫁に手を出すなんて……何て浅ましい盗人なの！」

松之助の手には刃物が握られていた。抜身の刃が、暗がりでギラリと光る。

雪子は引き攣る喉を震わせた。

「蓮治さん……っ」

「大丈夫です、雪子さん」

やはり彼を巻き込むべきではなかった。こうなってはもう、穏便にはすまないだろう。

向かい合った夫妻は、じりじりと距離を詰めてきた。

「それはうちの嫁だ！　すぐに返せ！」

「そうよ。こっちにいらっしゃい、雪子。今なら不貞を見逃してあげるわ。大人しく総一郎さんに嫁ぐと誓うのよ」

雪子の意思を丸ごと無視している彼らとは、まるで話が通じない。的外れな発言を繰り返す夫婦が、雪子には心底恐ろしく感じられた。まさに異形の化け物。とても同じ人間とは思えなかった。

「嫌です……っ、わ、私は蓮治さんと一緒になります……！」

「いつまで寝言を言っている！　もう決まったことは覆せないのだぞっ！」

「――寝言を言っているのは旦那様の方です。雪子さんは僕のものだ。誰にも渡さない。勿論、総一郎様にも差し上げません」

蓮治の背後に庇われているため、雪子から彼の表情は見えなかった。けれど大きくて広い背中が、安心感をくれる。雪子は思わず蓮治の背に縋りついた。

「雪子！　貴女、夫のいる身で何てふしだらなの！」

「奥様も勘違いなさっているらしい。雪子さんは貴女の息子の嫁ではありません。未来永劫――そんなことにはなりえませんよ」

「黙れ、蓮治！　貴様こんなことをしてただですむと思っているのかっ？　お前たち二人を闇に葬《ほうむ》るくらい、私には簡単なのだぞ」

いきり立った松之助が、手にした刃物を振り回した。間合いを取った蓮治が、雪子を下がらせる。しかしこれ以上後退すれば、階段を転げ落ちてしまいかねない。雪子はごくりと喉を上下させた。

「勇んで飛び込んできたみたいだけど、馬鹿ねぇ。これはもう決まったことなのよ。間もなく総一郎さんが雪子を迎えに来てくれるわ。そして二人は夫婦になるの」

くつくつと夫妻が笑う。どこか強張った笑顔は、見る者の恐怖を煽った。理性と正気をなくした人間に、まともに立ち向かえばこちらが危ない。

唯一の逃げ道は、二人に塞がれている。背後には長く下に続く階段。その先にあるのは、窓もない座敷牢。

万事休すだった。どうにもならない。

――せめて蓮治さんだけでも逃げてほしい――

雪子は大きく息を吸った。

「……旦那様、奥様。私が素直に下に戻れば、蓮治さんを助けてくださいますか……っ？」

「雪子さん、何を言っているのですか」

「ええ、ええ。勿論よ。見逃してあげるわ。ねぇ？　あなた」

「あ、ああ。店には置いておけないが、命くらいは助けてやる」

約束してもらえるなら、それでいい。

雪子は蓮治の背中から離れ、階段に向き直ろうとした。そのとき、張り詰めていた夜の空気を、澄んだ異音が震わせた。

チリーンと鳴る鈴の音。

雪子の幻聴ではない。その証拠に、主夫妻も瞠目し頬を紅潮させて周囲を見回した。

「総一郎さん……っ、総一郎さんが来たのね……！」

「おお、やはりあの方法は正しかったのだな。雪子、お前は早く地下の座敷に戻れ！　あそこで息子を迎えるのだ！」

箍の外れた声に押され、雪子は階段を振り返った。漆黒の闇が延々と続いている。まるで地獄への入り口。

怖い。心も身体も委縮する。だが蓮治を助けたい。

早くせねばと焦るほど、脚が震えてどうしても一歩が踏み出せなくなった。

「あ……ぁ……」

「行く必要はありません。雪子さん、僕を信じて」

背後から抱き寄せてくれる逞しい腕。その感触に何もかも委ねてしまいたい。だがその温もりに励まされ、雪子は蓮治を道連れにだけはすまいと改めて思った。

「……ここまでしてくださっただけで充分です。ありがとう蓮治さん。どうかご無事で……」

「早くしないか、雪子！」

今生の別れに水を差し、松之助ががなり立てた。鈴の音は次第に近づいてくる。もう猶予はない。最後に雪子は、蓮治の姿を眼に焼きつけようと頭だけ振り返った。すると彼は、ふっと苦笑した。

「――僕を信じろと言っているのに……肝心なところで馬鹿な子だね、君は。でもそういう頑固で健気なところも好きだよ」

「……えっ……」

大きな手で両目を塞がれた。そのまま背後に抱き寄せられ、後頭部が蓮治の胸板に触れる。

自分は階段を下りなければいけないのに。気持ちは前へ進もうとしても、身体は正直に彼へ身を預けた。

「――そんなに座敷牢へ行きたいなら、お前たちが逝けばいい」

今や、鈴の音はすぐそこまで迫っていた。廊下を軋ませる足音も近づいてくる。人とは思えない禍々しい気配がこちらにまっすぐ接近してきた。ぶわっと雪子の肌が粟立ち、冷たい汗が全身に滲む。

それはこの世ならざるもの。眼にしてはいけない何か。もしも蓮治が雪子を背後から支えてくれていなければ、きっと自分はその場にくずおれていたに違いなかった。

「──な、何だこれは……っ」

「きゃあっ、あ、あなた、どうなっているの……っ！」

バタバタと複数の人間の足音が聞こえる。

雪子は蓮治に抱えられたまますくるりと反転させられ、彼と共に壁に寄りかかる体勢にされた。

「……っ？」

感じたのは風。

自分のすぐ脇を、何者かが通過していった。突風が吹き抜け、男女の悲鳴がそれに続く。長く尾を引く絶叫が途切れた後は、空恐ろしいほどの静寂が訪れた。

何の物音もしない。虫すらも息を潜めているのか、むしろ自分の心音が一番煩い。雪子が呼吸を忘れていたことに気がついたのは、しばらくしてからだった。

「──……怪我はありませんか？　雪子さん」

「え……わ、私は大丈夫です……蓮治さんこそ……」

目隠しされていた手を外され振り返れば、そこには誰より愛しい人が立っていた。他には、誰もいない。

先ほどまで刃物をかまえていたはずの主夫妻の姿は、どこにも見当たらなかった。

「いったい何が……」

「――旦那様たちが飛び掛かってきたので、雪子さんを抱えたまま僕は身を翻して避けました。そうしたら勢いがついて止まれなかったらしく、二人とも縺れながら階段を転げ落ちていきました」

沈鬱な表情で告げた蓮治は、視線で隠し通路を示した。

ぽっかりと口を開けた暗闇が静まり返っている。呻き声も物音もしない。それらが指し示す事実とは――

「歩けますか、雪子さん？　ひとまずこの場を離れましょう」

蓮治は何の迷いもなく隠し戸を閉じた。元の状態に戻されれば、そこが地下への入り口だと分かる者は誰もいないだろう。まして主夫妻が落下したなど、考える者はいないに決まっている。

「あ……」

雪子は立て続けに起こったことの衝撃が大きすぎて、放心していた。何も、頭が働かない。考える気力も奪われたらしく、手を引く蓮治に従うことしかできなかった。

「安心してください。今夜は何もなかった――そしてもう、雪子さんが悪夢に苦しめられることはありません」

妙にきっぱり断言され、全身の力が抜ける。安堵か、虚脱か、それとも別のものなのか、己でも判別できない。ただ蓮治の腕の中で、限界を迎えた雪子の意識は遠退いていった。

※※※

人の呻き声は、いつ聞いても耳に心地いいものではない。

いっそ耳栓をして来ればよかったと思いつつ、蓮治は洋灯を掲げた。

地下にある座敷牢の中には二人の人影。数日前階段から落ちて負った怪我のせいで女の方は弱っているのか、布団に横たわりほとんど身動きをしない。男はあちこち痛めているものの分厚い脂肪に守られたらしく、命に別状はないようだった。

――それとも落下した際、己の妻を下敷きにして助かったか？

この男ならやりかねない。

蓮治は歪な形に唇を歪めた。

「き、貴様……っ、私たちをこんなところに何日も閉じ込めて、いったいどういうつもりだっ！　今すぐ医者を呼べ……いや、ここから出さないか！」

こんな状況にあっても、虚勢を張れることだけは褒めてやりたい。

唾《つば》を飛ばす勢いで牢の格子を揺する男は驚くほど元気で、蓮治は感心すらした。

「旦那様、冥婚の方法をよくご存じでしたね」

「それがどうした。お前には関係あるまい！」

「ありますよ。不本意ですが、僕が正当な後継者ですから。本来であれば、あれには厳格な掟《おきて》があり、限られた者にしか執《と》り行えない決まりです。それなのに旦那様は誰から教わりましたか？　――――正直に答えろ」

無害で穏やかな好青年の仮面はもういらない。

非力な若造だと嘗めてかかっていた蓮治の威圧感に驚いたのか、松之助が竦み上がった。激しく格子を揺らしていた手が止まる。

気圧されたように、彼は唇を震わせた。

「む、昔ここに飼われていた親父の妾から聞いたのだ……っ」

「――ああ。やはり思った通りですか……まったくあの人は……儚《はかな》く純真なふりをして、どこまで鬼畜なんだ」

「あ、あの女のことを知っているのか……っ？　いや、それだけじゃない、お前はどうしてこの座敷牢の存在も承知していたのだ？　ここは代々当主にだけ口伝されてきた場所だぞ……っ？」

ようやく頭が回り始めたのか、男は訝しげに双眸を細めた。気味の悪い生き物を見るような視線を向けてくるのは不愉快だ。蓮治の方こそ彼らを『汚いもの』として見下げているのに。

「――簡単なことですよ。僕がここで生まれ育ったからです。だからこの地下なら、眼を閉じていたって自由に動き回れる」

「な、何だと……っ？　……っ、ま、まさかお前はあの女の……っ」

「こうして正式に名乗るのは、初めてですね。――――兄さん」

蓮治の言葉に、男は眼を見開いて戦慄いた。ずりっと後退り、その場に尻もちをつく。

「ば、馬鹿な……あの女と一緒に死んだはずじゃ……」

「ええ。食事に毒物を混入され、あのままでは儚くなっていたでしょう。ですが父は僕を見捨てられなかったようです。嫉妬に狂った本妻の所業を諫めることもしませんでしたが、瀕死《ひんし》の状態の我が子を助け出し、別人の戸籍を用意してくれましたから」

そして体調がよくなったのを見計らい、丁稚として自分の手元に置いた。そこには欠片でも、妾と我が子に対する贖罪《しょくざい》の念があったのかもしれない。

「齢七十を越え二十歳になったばかりの女に手をつけるとは、我が父ながら呆れてものも言えませんけどね」

しかも屋敷の地下牢に女を囲い孕ませて、階上では妻と子に囲まれた人格者として暮らす外道だったにもかかわらず。

「それで、兄さんはいつ母に会ったのですか？　僕の記憶にないということは、僕が生まれる前か赤子の頃でしょうか？　勝手に階段を降りてはいけないと、父から強く言いつけられませんでしたか」

「た、たまたま隠し戸が開いていたときがあったのだ。普段はそんなことなどなかったのに。お、女の歌声が聞こえて……それで……っ」

「……偶然、ですか。それとも母の情念が作り上げた必然かな」

美しかった母親を思い出し、蓮治は嘆息した。

我が母ながら、清楚な皮を被った邪悪な淫婦《いんぷ》であったと思う。妻子のある男に惚れこみ、座敷牢とはいえ母屋に寄生し、正妻に人殺しを決意させるまで追い詰めたのだから。しかもそれだけでは足らず、その息子にまで『呪い』を施したらしい。

――誰も彼も愚かだな。毒殺などしなくても、どうせ母は死病に冒され、さほど長くない身だったのに……それともこれも、全てあの人の計算か？

「――兄さん、母が貴方に何を吹き込んだのかは知りませんが、あれは外法《げほう》です。本来であれば何重にも予防線を張り巡らせ対策を整えて行わなければ、手痛いしっぺ返しがくる代物ですよ。人を呪わば穴二つと言うでしょう？　……人が気軽に手を出してはならない領域です」

「お、お前に何が分かる……っ」

「きっと母は、全てが上手くいく夢のような方策だとでも囁いたのでしょうね……目に浮かぶようです。人は、手に入れた力を行使してみたくなる生き物。当時は聞き流したとしても、いずれは試したくなるのが道理というもの。――そのとき、禁忌を教えられていなければ、簡単に転ぶのは当たり前です」

ましてや昔から自己顕示欲が強く、己を過信しがちなこの男ならば。人間、若い頃の性格はそうそう変わるものではない。

蓮治の母は、おそらく重要な部分を省き、簡略化した冥婚の方法を教えただけ。しかしそれがどんな結果を招くのか、彼女は薄々勘づいていたはずだ。

今すぐではなくとも、いつか遠い未来でこの男が過ちを犯すだろうと――

「……通常の冥婚は、死者同士かさもなければ架空の人物と祝言を挙げることです。生者と縁づかせるのは、決して踏み込んではならない獣道。安易に手を出せば、術者自身に咎が及ぶ。だから誰も、執り行おうとはしないのですよ――僕ら一族以外はね」

「お、お前は……っ」

「やっと僕の代で忌まわしい血筋を絶やせると思っていたのに……もしかしたらまだ兄さんのように聞き齧っただけの方法を実践してみようとする愚か者がいるかもしれない。そう考えたら、僕が知る知識まで失わせるわけにはいきませんね。――ああ、だから母は僕を産んだのかな……」

だが結果的に、彼女自身が未来に不穏の種を蒔《ま》く形になったのだから、皮肉な話だ。

母はいったいどこまで自覚していたのか、もはや誰にも分からない。ただ感情で動いていたのかもしれないし、緻密《ちみつ》な計算の上に行動していたのかもしれない。

だが松之助は、自分よりも若く美しい『父親の妾』を眼にして冷静でいられただろうか。十中八九、邪《よこしま》な気持ちを抱き、女の歓心を買おうとしたのではないか。そして母なら、上手くそれらを利用したと思う。

――今となってはどうでもいいけれど――

母のことを考えるとき、蓮治はいつも複雑な心地になる。懐かしさと恋しさがないわけではない。しかし同時に、どうにもならない嫌悪感もあった。

それはおそらく、自分が母に似ているから。身勝手で、欲しいものを手に入れるためには手段を選ばない。恋情の前には、理性も常識もかなぐり捨てる愚かで執着心が強いところも、全て。

同属嫌悪。その表現が一番しっくりくる。

およそ母息子関係にそぐわない言葉であったとしても、彼女に対する感情を説明するのに、これ以上上手く当てはまる名前がなかった。

「……可哀想ですが、雪子さんには僕の子を産んでもらわねばなりません」

後継者が必要だから、というのは建前にすぎない。実際のところ、自分も彼女との子供が欲しいだけだ。雪子との未来を想像し、蓮治は微笑む。

迷っていた背中を押してくれたこと――その一点だけはこの年の離れた兄に感謝してやってもいいと思えた。

「れ、蓮治貴様……っ、私たちをどうするつもりだ」

雪子のことを考え、すっかり頭の中から松之助を追い出していた蓮治は、興味の失せた瞳で兄を見やった。

本音を言えば、どうでもいい。しかしそうは言っていられない。

「僕は何もしませんよ。手を下すのは、兄さんの花嫁です」

「ひ、久子がどうしたと言うのだ……？」

弛《たる》んだ肉を震わせ、彼は横たわる妻に視線をやった。しかし見当違いも甚だしい。

「……違いますよ。もう一人、妻に迎えると約束した女がいるでしょう？　──ああもう何十年も前の話ですから、忘れてしまいましたか。でも安心してください。彼女は兄さんのことを忘れた日はないそうです。──鬼籍に入ってからも、ずっと」

澄んだ鈴の音が空間を震わせる。それは、明らかに座敷牢の内側から響いた。

「な、何の話だ……？」

「兄さんも父さんも、女性に対して不誠実ではありませんかね。僕なら、妻がいるのに他の方へ手を出したりしません。ましてや結婚を約束しておいて、邪魔になったら手酷く捨てるなんてあんまりです。自害した魂が成仏できずさまよっても、当然ですよ」

「だ、だからお前は何の話をしているんだ……！」

怯えた男が顎肉を揺らす。そこへ、女の細く生白い腕が背後から絡みついた。

「冥婚は、死者の執着が強く残されているほど、縁が深くなるものです。総一郎様は、雪子さん自身にそこまで強い想いを残したわけではなかったようで、心底安堵しました」

だからこそ、生者同士の結びつきを強めるだけで、簡単に退けることが可能だった。

だが数十年間、恨みに凝り固まり悪霊と化していた女が相手ではどうだろう。まして現世に引き留めてくれる可能性がある妻は、布団に転がされ、虫の息だ。

蓮治の双眸には、長く伸びた女の爪が兄の身体に食い込むさまがまざまざと見えた。

「僕ら一族の本来の役目は、成仏できない死者の心残りを遺族のために拭ってやることです。今回は、依頼もないのに僕の独断で行いましたが。――さようなら、兄さん。ここでの生活も慣れると案外悪くないものですよ。ご安心ください。食事はきちんと運びますので――」

終わりが来るまで、きちんと見届ける。かつては自分が格子の内側から眺めた景色を兄が見ているのかと思うと、蓮治は言葉にならない愉悦を覚えた。

――知らなかったな。僕にもこういう感情がまだ残っていたのか……

とっくに何もかも諦めていたのに、雪子に影響されたのか、生に対する渇望が湧いた。

自分にも、幸せになる権利はあるはずだ。本当なら手にしていた恩恵を求めても許されるはず。奇妙な高揚感に、蓮治はうっそりと微笑んだ。

「父は僕を我が子であると認めてくれていました。使うつもりはありませんでしたが、証拠もあります。ですから店のことは何も心配ありませんよ。……ああそれから、この地下牢の鍵は、もともと二つあったのです。そのうちの一つを継いだのが僕です」

「蓮治……貴様、井澤家を乗っ取るつもりか……っ！」

「人聞きが悪いですよ、兄さん。誰も継ぐ者がいなくなれば、家なんてあっという間に潰れます。だいたい本気で総一郎様に継がせて安泰だと思っていましたか？　どうせ僕の助けがなければ立ち行かなくなることは眼に見えていたではありませんか」

仮にあの愚息《ぐそく》が存命であっても、蓮治がいなければ今後店を取り仕切るのは、無理だったに違いない。つまり、結果は同じことだ。

洋灯を掲げた蓮治が柔らかに微笑む。

「あまり火を灯しておくとその分換気をしなければならないので、消しておきますね。この空間はかなり広くて空気孔も作られていますから問題はないとは思いますが……洋灯は喉や眼がイガイガしませんか？　僕はあまり好きではありませんでした」

「ま、待て、明かりを消すなっ」

「では、また食事の時間に参ります。どうぞそれまで花嫁との楽しいひと時をお過ごしください」

「行くなっ、わ、私を置いていかないでくれ……っ！」

喧《かまびす》しい絶叫に、蓮治は男へ背を向け一度も振り返ることはなかった。心は既に地上にある。もはや頭の片隅にも、半分とは言え血が繋がった兄のことは思い浮かばなかった。

蓮治の中を占めるのは、愛しい女のことだけ。雪子のこと以外、考えるのも煩わしい。

――彼女を巻き込まない限り、手出しする気はなかったものを――

本当は井澤家の家督も財産もどうでもいい。

潰れようがどうなろうが、露ほどの関心もなかった。けれど雪子が困るというなら、話は別だ。彼女のためなら、面倒な立場も煩わしさも受け入れられる。それ以外、蓮治を動かす理由は一つもない。

長い階段を上り、隠し戸を閉じれば、静寂が訪れた。

今、母屋で暮らしているのは蓮治一人だ。

松之助にはこれから蓮治が先代の隠し子であることを公表し、店を取り仕切るようなことを言ったが、実際にはとっくに実権は蓮治に移っている。

使うつもりがなかった父に託された遺言書を、役立てる日が来るとは思っていなかった。

雪子に手を出しさえしなければ、今も兄夫妻がふんぞり返っていられたものを、と皮肉な気がする。それともこれが運命なのか。

「……母さんは、どこまで計算していたのでしょうね……」

母は冥婚の裏の側面を担う一族の末裔でありながら、同時に常人には見えないものを見通す力もあった。人心を操る才能と言い換えてもいいかもしれない。

哀れでか弱い女を演じながら、その実、絡新婦《じょろうぐも》のようであったとすら思う。端的に言って、恐ろしい女だ。そして間違いなくその血は蓮治に受け継がれていた。

時刻は深夜を回っている。

虫たちも就寝したのか、自分の足音だけが長い廊下に響いた。

蓮治が自室として使っている部屋の襖を開くと――

「お帰りなさい、蓮治さん。お店の帳簿付けは終わりましたか？　毎晩遅くまで大変ですね。ご苦労様です」

この世で一番愛《いと》しい人が、満面の笑みで迎えてくれた。

「雪子さん。先に眠っていいと言っておいたのに」

「そんな……使用人の身で、主人よりも先に眠るなんて許されません」

「もうすぐ、夫婦になるのに？」

生真面目な彼女に微笑みかければ、雪子が頬を真っ赤に染めた。

近いうちに蓮治は、正式に先代である父の隠し子だと認められる。そして井澤家の全てを継ぐ。同時に、雪子を妻として迎える算段になっていた。

とは言え今はまだ、彼女は女中の身分のままだ。混乱を招かないために、周囲にも今まで通りの関係だと思わせていた。

現在も『不眠症が完治していない』と嘯いて、納戸での寝泊まりを続けている態で、こうして蓮治の部屋に忍んで来てくれるけれど。

「蓮治さんったら……それよりも親戚の方々の嫌がらせは治まったのですか？」

照れながらも拗ねたような表情をする彼女は可愛らしい。瑞々しい生命力が感じられ癒される。

つい先刻まで、べったりと粘つく『死』の気配の只中にいたばかりだから、余計に眩しく見えた。

「問題ありません。父が残してくれた遺言書は、効果が絶大でした」

あれのおかげで、親戚たちは黙らざるを得なかったらしい。せっかく井澤家の財産を手に入れられると浮かれていたところに隠し子がひょっこりと現れたのだから、さぞや面白くなかったことだろう。

――遺言書を受け取ったときには、さっさと捨ててしまおうかとも思っていたが……迂闊に手放さなくてよかったな。

蓮治は心の中で、ひっそりと独《ひと》り言《ご》ちた。本音を言えば、つい最近まで遺言書の存在を忘れていただけなのだが。

「……私、今でも信じられません。蓮治さんが、先代様のお子様だったなんて……本当に、私なんかが妻になっていいのでしょうか……」

隠し子や妾の子という言葉を選ばない辺りに、雪子の優しさや気遣いが垣間見え、愛おしさが募った。

　可愛らしい恋人は、戸惑いに瞳を揺らしている。数日前までは同じ家の使用人だった男が、実は主人家族の血筋で、しかも間もなく当主になると聞かされ、未だに混乱しているらしい。

「その件は、何度も話したではありませんか。どんなに立場が変わろうとも、僕の伴侶は雪子さんだけです。それとも、別の女性を娶れと言うつもりですか？」

「それは嫌です……！　蓮治さんが他の方となんて、考えただけで、私……っ」

「僕も同じです。雪子さんを誰にも渡したくありません。だからもし貴女がこの家に嫁ぎたくないと言うなら、僕は何もかも放り出して雪子さんを選びますよ」

「蓮治さん……」

　瞳を潤ませた彼女は、筆舌に尽くしがたいほど愛らしい。ずっと見惚れていたくなる。思慕が込み上げ、蓮治は引き寄せられるように接吻を交わした。

「――――貴女だけだ。他には、何もいりません」

「嬉しい、です。そんなにも想ってもらえて……あ、旦那様たちのお怪我はどうですか？少しはよくなられたのでしょうか……」

　善良な雪子は、あんな目に遭わされても尚《なお》夫妻を案じているらしい。その無償の優しさには、時折苦しさも覚える。泥の中でしか生きられない蓮治にとっては、清浄すぎるのかもしれなかった。

「――ええ。元気です。けれど大怪我を負った二人を地下から連れ出すのは、難儀《なんぎ》です。危険も伴う。それなら、あそこで治療を続けた方がよほど現実的だ。……あの部屋は座敷牢でも、生活するのに不便はありませんからね」

「……そうですね。あの狭い階段では、怪我人を運び出すのは難しそうですもの……無理をしては余計お身体に障るでしょうし。――あの、でも、蓮治さんはお忙しいでしょう？　食事を運ぶなどのお世話は、私がしましょうか」

　疑いもせず、蓮治のために何かしたいと、彼女は言う。

　あまりにも眩しくて、眼を細めずにはいられない。しかし罪悪感など微塵も抱かず、蓮治は柔らかく微笑んだ。

「ありがとうございます。ですが僕は大丈夫ですよ。あの階段は暗くて急なので、二人分の食事を持って雪子さんが行き来する方が心配です。粥は結構重いですから。それに、雪子さんにとってあそこは恐ろしくて嫌な思い出があるでしょう？　そんな場所に、僕は行ってほしくないんです」

「蓮治さん……そこまで私のことを考えてくださるなんて……」

　彼女の双眸がたちまち潤み、この上なく美しく煌めいた。瞳に宿るものは、曇りなき信頼と恋情。

――ああ、何て美しいのだろう……

地下牢で染みついた穢れが、清浄なもので洗い流される気がする。光そのものの雪子に、蓮治はうっとりと見惚れた。

「ですから約束してくれませんか？　あそこへは二度と足を踏み入れないと――でないと僕は、不安で仕方ないのです」

「ええ、分かりました。では私は蓮治さんに心配をかけないため、今後も地下には行かないと誓います。――お二人が一日でも早く回復されることを願っています……」

素直で心が清いが故に、こうして悪辣な人間に騙されてしまうのだとは、雪子は考えもしないに違いない。

――いや、彼女のことだから、仮に謀《たばか》られて利用されたとしても、純真に人を信じ続けるのかもしれない……

今でも夫妻を気にかけているように。

眩しい光。ひょっとしたらあまりにも強い輝きは、いつか自分を苦しめ枯らせることになるかもしれない。だがそれでも――

――逃がしては、あげられない。

逃亡の機会を潰したのは、雪子の方。そう責任を転嫁して、蓮治は愛する人に手を伸ばした。

「……今日も疲れました。雪子さんが癒してくれますか？」

「えっ、あの……は、はい……」

熟れた頬を僅かに背けながら、頷く彼女を丸ごと食べてしまいたい。

獰猛《どうもう》な劣情を押し殺し、蓮治は雪子を抱き締めた。

部屋には既に布団が延べられている。そこへ彼女を押し倒せば、甘い芳香が広がった気がした。

「……雪子さんはいつもいい香りがします」

「か、香り？　入浴はすませてきましたけれど……」

「そういうことではありませんよ。僕を狂わせるいい匂いがするという意味です」

すんっと胸いっぱいに吸い込めば、脳が痺れそうになる。もっと深く嗅ぎたくなって、蓮治は彼女の首筋に鼻を埋めた。

「あ……っ」

浴衣の袷が緩み、鎖骨が垣間見える。帯を解けば、真っ白な裸体が眼を楽しませてくれた。

「は、恥ずかしい……です」

「何を今更。もう何度肌を重ねたと思っているのですか」

「でも……こんなに明るいところでは……」

室内の照明は灯したままなので、納戸と違い手探りで相手の形を確かめねばならない状況ではない。眼を開いてさえいれば、全てがはっきりと見て取れた。

「雪子さんは綺麗ですから、少しも恥じる必要はありませんよ」

「でも……っ」

涙目で訴えかけてくる彼女に意地悪をしたくなる衝動が込み上げた。だが無理強いをして嫌われては元も子もない。

蓮治にとって、雪子に嫌がられることが何よりも怖い。万が一背を向けられたらと思うと、心の底からゾッとした。

――母さん、今なら貴女の気持ちが少しは分かります。もしや貴女は、父に囚われておきながら顧みられなかったのではなく、あえて本妻のいる家で暮らすことにより、自分のもとへ通いにくくしていたのでは？　そうすれば罪悪感で、父はいつでも貴女のことで頭がいっぱいになったでしょうから――

手段を選ばず、心を縛る。

死者との婚姻を司《つかさど》る母にとっては、肉体の繋がりなど些末なことであったに違いない。

重要なのは、魂そのもの。

どうすれば死後も相手を己に繋ぎとめておけるか、それこそが大事だったのではないか。

――僕が今もしも雪子さんを失えば、あらゆる手を使って彼女を捕らえようとするのと同じだ。

うんざりするほど、よく似ている。共感はしたくないが、母の思考回路は理解できた。故にどうか自分から離れないでほしい。そうでなければ、いつ何時、蓮治は泥に沈んでしまうか分からない。

禁忌の術に、きっと自分は再び手を染める。だからこそ、愛しい人を奈落に突き落とさないため、絶対に離れていくなと強く願った。

「……蓮治さんは、いつも私を助けてくれる光そのものです」

暗い思考に傾きかけていた胸中を読んだかのように、雪子が突然そう告げた。

だが彼女の眼に計算や策略は欠片もない。母を間近で見てきた自分には分かる。本心から純粋に感じたままを口にしているのだろう。

眩《まばゆ》く輝く清廉さに、惹かれずにはいられない。必死に想いを断ち切ろうとして足掻いていた頃なら、おそらく諦められた。けれどもう無理だ。

一度手にした禁断の果実の味を、忘れることなどできるわけがなかった。あまりにも甘美な罪の味は、中毒性があるものだから。

――――せめて幸せにすると誓う。

穢れたこの血を背負わせてしまう償いは、一生をかけてする。だからどうか傍にいてほしい。許してくれとは願わない。それだけが蓮治のできることだった。

「雪子さん、愛しています」

「私も、蓮治さんを誰よりお慕いしています」

鼻先を擦りつけ合い、掻痒感に笑った。自分も着物を脱ぎ捨て、彼女に覆い被さる。剥き出しの肌が触れただけで多幸感に満たされた。

片手の指を絡ませて繋ぎ、もう片方の手で雪子の乳房を揺らす。張りのある柔肉は、初めて眼にした頃よりも、心なしか重量感を増した気がした。その上期待に打ち震えるかの如く、すぐに頂が色づき存在を主張してくる。淫らな反応に、蓮治の頬が綻んだ。

「すっかりいやらしい身体になりましたね」

「ひ、酷いことを言わないでください……！　全部、蓮治さんが教えたことです……」

「ええ。雪子さんは覚えがよくて、優秀な教え子です。では、僕が何を望んでいるかも、ご存じですよね？」

嫣然と微笑めば、彼女は全身を真っ赤に茹《ゆだ》らせた。きょろきょろと視線をさまよわせ、逡巡しているそぶりを見せる。

しかし迷ったのは僅かな時間。

雪子は恥じらいつつも、立てた膝をゆっくりと左右に開いていった。

「――――いい子です」

「……んっ……」

額に口づけし、雄を誘う芳香を放つ蜜口に指を滑らせた。そこはもう、たっぷりとした蜜を湛えている。滑る指先の感触に、蓮治は眼を細めた。

「随分、僕を待ち焦がれていたのですね」

「そ、そんな……ひゃぅ……ッ」

「違うのですか？　傷つくな」

泥濘に指を差し込めば、甘く潤んだ媚肉が絡みついてくる。浅い部分をじっくりと弄っていると、愛蜜がこぷりと溢れ出した。

「ん、ぁ、あ……っ」

「僕は一日中、雪子さんに会いたくてたまらなかったのに、貴女は違うのですか？」

「や……そういう意味では……んぁっ」

彼女が冷静ではいられない一点を捉え指を曲げれば、面白いほど分かりやすく雪子の下腹が痙攣した。蜜窟にある指が艶めかしく締めつけられる。

今すぐこの中へ入り込みたい衝動に抗いながら、蓮治は抜き差しする指の本数を増やした。彼女を焦らし高めつつ、自分自身も渇望を煽られる。

余裕があるふりをしても、所詮は掻き集めた矜持にすぎない。本当は雪子の全てを手に入れたい欲求と戦っていた。

「そのまま脚を開いていてください」

「ふ、ぁああ……っ」

彼女が最も如実に反応する淫芽を舌で転がし、陰路の中で指をバラバラに動かす。すると雪子の白い肌が桃色に染まった。

まるで艶やかに咲き誇る桜のよう。季節外れの花を見た心地で、蓮治は滑らかな肌を撫で摩った。

――早咲きの桜に、雪が積もっているみたいだ――

どこか侵しがたい清廉さが、彼女にはある。それを今から穢すのかと思うと、どうしようもない愉悦に腰が震えた。

「……ぁ、ん、れ、蓮治さん……っ、ぁああ」

「花芯が膨れてきました。気持ちいいですか？」

「やぁ……っ、そこで話しちゃ駄目です……！」

吐息さえ気持ちがいいのか、雪子が身を捩った。涙目で顔を左右に振り、どれだけこちらを掻き乱すのだろう。そんな仕草は男にとって劣情を刺激されるだけだと、彼女は知らない。これからも知る必要はない。

何故なら蓮治以外が眼にする機会は金輪際《こんりんざい》訪れないからだ。

「ひ、ぁああ……ッ」

肉芽に吸いついて強めに嬲れば、雪子の腹が波打った。悩ましく収縮する蜜路から指を抜き、透明の滴に塗れた己の指先に舌を這わせる。ほんのりと甘酸っぱい蜜は、度数の強い酒よりよほど蓮治を酩酊させた。

「……ぁ、ふ……」

「雪子さん、貴女を愛させてください」

達したばかりで茫洋とする彼女の両脚を抱え、濡れ光る淫裂に屹立の先端を押しつける。先走りの滲む剛直で入り口を捏《こ》ね回せば、雪子の声が甘く濡れた。

「ぁ、あ……ッ、ゃ、あ……っ」

にちゃにちゃと淫猥な水音が奏でられ、室内が卑猥な空気に満たされた。夜の帳が下りた世界で、二人以外誰も存在していない錯覚を覚える。

納戸の中で声を潜め合ったときよりも淫靡で、興奮が抑えられない。

もうすぐ。あともうしばらくしたら、この女が名実ともに自分のものになる。一度手に入れたら、決して手放しはしない。

ただし自分は母のように、人の気持ちを惑わし操って言いなりにさせようとは思わなかった。

そんな手段を取らなくても、雪子自身が蓮治から離れたくないと思うように仕向ければいい。真綿で包んで大事にし、どんな苦境からも救ってやればいい。

人を閉じ込めるのに何も、牢などいらない。時間と手間をかけられるなら、そして労力を惜しまない相手なら、自分が囚われていることに気づかせなければいいだけだ。

——この腕の中こそが極楽だと信じるように。

「蓮治、さん……っ」

掠れた声で名前を呼び、雪子は健気な様子で瞳を瞬いた。その双眸に宿るのは、淫らな欲求。早く貫いてくれと、言葉にせずとも強請っていた。

「ああ……本当に僕好みの女になりましたね」

「ん、ァあアッ」

たっぷりと互いの潤滑液を絡めた肉槍を、一息に蜜壺に突き立てた。そこは最初はきつくても、すぐに蓮治を大歓迎してくれる。

やわやわと蠢いて引き絞る動きに、挿入しただけで意識を持っていかれそうになった。

「……はっ、そんなに締めつけないでください」

「……ぁ、あ……っ、しゃべらないでぇ……っ」

一気に押し入られた衝撃を逃そうとしているのか、雪子が涙目で呟く。だがその言葉の大半が真実ではないと蓮治は知っていた。

「欲張りですね。すぐに雪子さんの中に、全部差し上げます」

「んぁッ、ま、待って……っ、ぁ、あ、あんッ」

閨での駄目もやめても、二人の間に限っては本心でないことが多い。逆に『もっと』と乞われているのも同然だ。

恥ずかしがり屋の彼女は、大胆でありながら可愛らしい嘘を吐く。蓮治は最奥を捉えたままぐるりと腰を回した。

「ひ、ぃ……っ」

何度も肌を重ねるうちに、雪子の感じる場所は変わっていった。今ではこうして深い場所を穿つと、瞬く間に蕩けた顔を見せてくれる。更に荒々しく腰を振れば、彼女自ら蓮治の身体に四肢を絡ませ淫らに喘いだ。

「アあっ……、蓮治さん……っ、んぁ、ああアッ」

「そんなにしがみつかれたら、動きにくいです」

「あぁあ……あ、あひっ」

もはやこちらの言葉がろくに聞こえていないのか、雪子はいっそうぎゅうぎゅうとしがみついてくる。そんなところも愛おしくて仕方ないけれど、今はもどかしさの方が勝った。

「僕と離れたくありませんか？　じゃあ、こうしましょう」

「……ぇっ、あ、……ぁあ、深い……っ」

懸命に縋りついてくる彼女を抱き起し、蓮治は胡坐をかいた己の上に、向かい合った体勢で雪子を下ろした。勿論局部は繋がったまま。彼女の重みで深々と楔が呑み込まれた。

「ひぃぃ……っ」

「雪子さんの中がうねっているのが分かりますか?」

ぶるぶると痙攣する彼女の尻肉を摑み、上下に揺らした。すると雪子がこれまでになく獣じみた快楽の声を上げる。どうやら気に入ってくれたらしい。

蓮治は汗ばんだ彼女の肩に口づけを落とし、前後にも腰を揺さ振った。

「んぁあッ、やぁ、駄目っ……、壊れちゃうからぁ……ッ」

「分かりました、もっとですね」

「はぅっ、ん、ぁああッ」

腕の力で持ち上げた雪子の身体を、勢いよく落とす。熟れた蜜洞は、激しい衝撃を難なく受け止めてくれた。ごちゅんっと生々しい音がし、結合部から愛蜜が飛び散る。彼女の開きっ放しになった口の端から唾液がこぼれた。

「ぉ、ぁ、アッ、ぁああ……ッ」

雪子の花弁を捲り上げる勢いで穿てば、己の怒張がぬらぬらと出入りする。あの美しい桃色をした陰唇に、自分の悍ましいものが突き刺さっているのかと想像するだけで、蓮治の頭が沸騰しそうになった。

華奢な肢体を搔き抱き、無我夢中で揺すりたてる。彼女は汗みずくになって涙を散らした。

「あひっ……、も、変になる……っ、あぁあっ」

「変になっても、壊れてもいいですよ。全部僕が面倒を見てあげます」

「……っぁあぁアッ」

あまりにも溢れる蜜の量が多いせいか、布団には淫らな染みができていた。

眼の前で卑猥に揺れる乳房に齧りつき、その飾りを舌で転がす。色づいた乳首が芯を持ち、蓮治の口内を楽しませた。

「ふ、あはぁっ、はぁッ、はぁあっ」

雪子の背筋がしなり、蜜窟が不随意に蠢いた。どうやら限界が近いらしい。収斂する肉襞を引き剝がすように蓮治は腰の動きを速めた。

ぶちゅぶちゅと体液を攪拌し、汗まみれの身体をくねらせる。もはやどちらの汗なのか、唾液なのか、それとも涙か蜜液かも分からなかった。

互いの動きに合わせ、共に揺れる。淫猥な舞踊に興じ、浅ましく喘ぐだけ。夢中で貪り獣に堕ちる。

「ああアッ」

一際激しく痙攣した彼女の隘路が、狂おしく引き絞られた。その強すぎる締めつけに吐精を促される。痛いほど肉槍が蜜路に抱き締められ、甘い愉悦が腰に溜まった。

「……っく」

身体を引く余裕がなかったわけではない。単純にそうしたくなかっただけだ。

蓮治は欲望の赴くまま、雪子の内側に子種を放った。

この女を孕ませたいという厄介な衝動に抗えず、彼女の身体を掻き抱く。少しも逃がすまいとして限界まで腰を押しつけた。その先はおそらく、子宮に届いている。直接白濁を注ぎ込めば、子ができる可能性は高くなる。それでいいと、心から思った。

雪子の気持ちを信じていないわけではない。

彼女は本気で、自分を慕ってくれているだろう。けれど枷は多いほどいい。

仮に今後心変わりをしたとしても、子供がいては簡単に身動きが取れまい。雪子は性格上、我が子を捨て自分一人身軽になれるような人間ではない。

大事な人との愛の結晶が、愛してやまない女を縛る鎖になる。それは、あまりにも甘美な妄想だった。

「……ぁ、ぁ……」

「……雪子さん」

己のものを引き抜けば、彼女の子宮が呑み下しきれなかった白濁がとろりと溢れ出た。開いた蜜口が、卑猥にひくつく。そのあまりにも淫らな光景に解放したはずの欲望が再び鎌首を擡げそうになったが、蓮治はぐっと堪えた。

くったりと弛緩した雪子の身体を布団に寝かせ、汗で額に貼りついた髪を横に流してやる。忙しく上下する彼女の胸にはキラキラと汗が光り、酷く妖艶だった。

情交を終えたばかりの淫靡な色を滲ませつつ、それでも清楚さを失わない。醜い自分が何度抱いても、この新雪を踏みしめ汚すことはできないらしい。

侵しがたい白い肌に口づけ、蓮治は赤い花を幾つも咲かせた。

「蓮治、さん……中に……」

「僕の子を産んでくれますか？」

今更聞くことではないのかもしれない。それでも以前、彼女はいつか子をもうけるなら、父親には自分を選ぶと言ってくれた。それを信じ、恐る恐る問う。

雪子は自身の下腹に手を当て、気怠げに瞬いた。その双眸がゆっくりとこちらに向けられる。審判の時を待つ心地で、蓮治は秘かに喉仏を上下させた。

やや強引に想いを押しつけた自覚はある。だがそれほど気持ちを抑えきれなかったのだ。一度は手にしたと喜んだ彼女を失えば、おそらく自分は母と同じ外道へ踏み込む確信があったから。

薄紅の唇が静かに動く。紡がれた声は、至極穏やかだった。

「……当たり前です。私を蓮治さんの子の、お母さんにさせてください」

うっとりとした雪子に蓮治の目頭が熱くなった。

涙がこぼれそうになった理由は分からない。まだ、自分の感情に死んでいない部分があったことが驚きだった。それとも彼女がいてくれるから、なくしたはずのものを取り戻せているのか。

「……雪子さんのような方が母親なら、きっと子供は幸せでしょうね」

たとえ、呪われた血を受け継ぐことになったとしても。

彼女なら全身全霊で我が子を愛するに違いない。

――僕の秘密は、墓場まで持っていく。

雪子は何も知らなくていい。こうして抱き合っている部屋のちょうど真下に、あの座敷牢があることも。そこで兄夫妻の命が尽きようとしていることも。

彼らの回復を祈っている雪子には、頃合いを見て『ある程度体力が戻ったので、療養院に移ってもらった』とでも言えばいい。

その上で『負った傷が悪化し、やはり助からなかった』と説明すれば、彼女は蓮治の言葉を信じるだろう。

純粋で心が清らかな雪子に、醜い真実を明かす必要は微塵もない。

勿論、あの件も秘密だ。

夫となる男が、兄夫妻だけでなく甥っ子である総一郎まで殺めたことも――

知る必要はない。永遠に。

さぁ、居心地のいい檻を用意しなければ。

終章

眼にするのも嫌だった気味の悪い絵馬は、瞬く間に炎に包まれた。

あまりにも呆気なく焚き上げられるものだから、雪子はどこか拍子抜けした心地になる。空は晴天。雲一つない青空がどこまでも広がっている。

主夫妻が怪我の療養のため姿を消してから、蓮治が井澤家の当主になった。皆、最初は驚いていたものの、冷静に考えればなるほどと納得したらしい。

雪子は先代を直接知らないが、彼は相当蓮治のことを可愛がっていたそうだ。だからこそ店舗を含めた使用人たちからの反発は一切なかった。もともと蓮治自身が好かれて頼りにされていたことも大きい。

先見の明がある蓮治が『これからは呉服だけでなく、もっと総合的に商品を扱わねば生き残れません』と主張し、皆が頷いた形だ。

代替わりは思ったよりも順調に行われ、屋敷の中は以前の活気を取り戻している。むしろ酔った総一郎や不安定な久子らがいない分、秩序が保たれ雰囲気はよくなったとさえ言えた。

美津や登和は、働きやすくなったと喜んでいる。

そんな変化の只中で雪子自身が忙しく過ごしていたことと、主夫妻が療養している間に、勝手に絵馬を処分するのが躊躇われて、神棚も絵馬も手つかずのまま総一郎の部屋に残されていた。

しかし蓮治が、神社で燃やしてもらおうと提案してくれたのだ。

雪子に否やがあるはずもない。

二つ返事で了承し、今日こうして焼いてもらうことになったのである。

白い煙がまっすぐ青空に吸い込まれていく。風がないため狼煙《のろし》のように真上へ上がっていった。それをじっと眺め、雪子は色々なことを思い出していた。

散々恐ろしい目に遭ったのに、今ではもうあれらは全て幻だとしか思えない。

ただ恐怖の棘が、抜けずに雪子の心に突き刺さっているだけ。

――結局全部、私の妄想にすぎなかったのかな……

思い返してみれば、おかしなものを見たと思ったのも、気が昂っていたせいかもしれない。幽霊の正体見たり枯れ尾花というやつだ。

何でもない影を、さも男の腕だと思い込んだ可能性もある。

――鈴の音だって偶然本当に聞こえてきただけかもしれないし、足音だって奥様のものだったかもしれないいじゃない。私ったら、大騒ぎして馬鹿みたい。

何もかも、雪子の主観に基づくものであり、証明のしようがない。

しかも当時は不眠症の悪化で、昼夜問わずフラフラの状態だった。あれでは、おかしな幻視や幻聴に襲われても、仕方がなかっただろう。

――考えてみたら、蓮治さんは私の荒唐無稽《こうとうむけい》な話をよく真剣に聞いてくれたわ……

そして、親身に寄り添ってくれた。ああして信じて労わってもらえたから、雪子は精神的な安定を取り戻すことができたのだと思う。

「――何をぼんやりしているのですか？」

「あ、蓮治さん……」

ぼんやり物思いに耽っていた雪子の顔を、間もなく夫になる人が覗き込んできた。

至近距離で見つめると、今でもドキドキしてしまうほど、整った顔立ちは相変わらずだ。

いやむしろ、以前のどこか一線を引いた温度の低さがなくなった分、艶を増したとも言えた。

「おや、何か動揺していますね。さては悪巧《わるだく》みでもしていましたか？」

「もうっ、おかしなことを言わないでください。ちょっと考え事をしていたときに話しかけられたから、驚いただけです」

「冗談ですよ。ぼうっとしている雪子さんが可愛いから、揶揄《からか》いたくなっただけです」

彼はいつも雪子に対し惜しみなく『可愛い』『綺麗だ』などの褒め言葉をくれる。男性にしては珍しく、『愛している』などという甘い台詞も頻繁に囁いてくれた。

――どうしよう。こんなに幸せでは、怖いくらい……

郷里の両親もこの結婚には大賛成で、泣いて喜んでくれた。美津たちも雪子が女主人となることに抵抗感はないらしい。

つまりこれと言った障害が見当たらなかった。

――井澤家と言えば、大層な名家なのに……私、ちゃんとやっていけるかな……？

明るく振る舞っても、雪子の中で不安は拭いきれない。だがだからといって、蓮治を諦めることは絶対にないと断言できた。

――私は、この人と生きていくと決めたのだもの。

それがどれだけ茨の道だとしても、苦労するだけの価値がある。

雪子はもう一度、燃える絵馬に視線をやった。

描かれていた絵は大半が黒く焦げ、もはや人が描かれていたことさえ分からなくなっている。全てが灰になるまでにさほど時間はかからないだろう。

ゆらゆらと白煙が空に昇ってゆく。

人の執着も醜さも、愚かさも全て灰燼《かいじん》に帰そうとしていた。

「……旦那様たちの容体が、一日でも早く癒えますように……」

「――雪子さんは心根が新雪のような方だ。どこまでも真っ白で……踏みしめるのに躊躇いと背徳的な高揚をもたらす」

「何ですか、それ」

彼の奇妙なたとえに雪子が笑うと、蓮治が穏やかに微笑んでくれた。

「行きましょうか、雪子さん」

まっすぐこちらに差し出された、愛しい人の手。

雪子は満面の笑みで、蓮治の手を握り返した。

あとがき

初めましての方も、そうでない方も、こんにちは。山野辺《やまのべ》りりです。

今回、久しぶりに和風を書かせていただきました。じっとり湿度のある話……大好きです。

テーマはちょっと怖いストーリー。

ちなみに最初に言っておきますが、私はホラーが苦手です。映画を観るし本も読みますけど、後でめちゃくちゃ後悔するタイプです。

無駄に想像力はある方なので、そりゃもうえげつない妄想が広がって、後々大変なことになるのがしばしば。

でもまた見たり読んだりするのですが。

とにかく恐怖耐性低めの私なので、このお話もホラー度は弱いです。ご安心ください。あくまでも主題は恋愛です。

不可解な事象に巻き込まれて怯えるヒロインを、優しいヒーローが守り、颯爽と助けてくれる優しいお話です（当社比）。

ネタバレになるので詳しくは話せませんが、一度扱ってみたかったネタなので、とても楽しかったです。

民俗学や風習、とても面白いし個人的に大好き。

あとは私の話を幾つか読まれた方は薄々察していると思いますが、地下牢とか座敷牢、ドキドキしますね……きっと皆さんもそうだと信じている。

むしろ前のめりにならないわけがない。

今回、私的に勝手に設けた縛りは、『直接的なシーン以外でも、どれだけ雰囲気を官能に寄せられるか』でした。

少しでも、じっとりした感じが伝わっていると嬉しいです。

イラストを描いてくださったなま様。いただいたラフがとっても素敵で、大興奮しました。

表紙の、綺麗なのにどこか不穏な空気感……最高です。ありがとうございます。何度も見返して、うっとりしております。

編集さんを含め、この本の完成に携わってくださった全ての方々に、心からの感謝を。

どれだけお礼を申し上げても足りません。

そしてここまで読んでくださった皆様、本当にありがとうございます。

これからもまたどこかでお会いできることを願って。

この本を読んでのご意見・ご感想をお待ちしております。

◆ あて先 ◆

〒101-0051
東京都千代田区神田神保町2-4-7 久月神田ビル
㈱イースト・プレス　ソーニャ文庫編集部
山野辺りり先生／なま先生

冥闇《くらやみ》の花嫁《はなよめ》

2021年3月6日　第1刷発行

著　　者　山野辺《やまのべ》りり
イラスト　なま
装　　丁　imagejack.inc
D T P　松井和彌
編　　集　葉山彰子
発 行 人　安本千恵子
発 行 所　株式会社イースト・プレス
〒101－0051
東京都千代田区神田神保町2－4－7 久月神田ビル
TEL 03－5213－4700　FAX 03－5213－4701
印 刷 所　中央精版印刷株式会社

ISBN 978-4-7816-9692-8

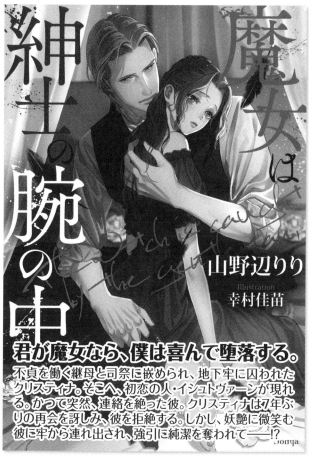